스며든다는 것

에세이

스며든다는 것

작은 경험이 나를 만든다

자화상

끌리는 대로 원하는 대로

한 고양이가 있다. 그리고 불안정한 방사선 원소도 있다. 그 둘이 어두컴컴한 박스 안에 있다. 한 시간 내에 원소가 붕괴하거나, 붕괴하지 않을 확률은 정확히 2분의 1로 동일하다. 안타깝게도 원소가 붕괴한다면 독극물이 흘러나와 고양이는 죽게 된다. 한 시간 동안 그 둘을 박스 안에 방치했다. 당신은 고양이의 생사에 대해 어떤 말을 할 수 있을까.

고양이는 2분의 1 확률로 죽어 있고, 또 2분의 1 확률로 살아 있다고 말하는 것이 최선이 아닐까. 박스를 열어 안을 보기 전까지, 고양이는 일어날 수 있는 모든 경우의 수가 겹친 중첩 상태에 있다. 박스를 여는 순간 중첩이

붕괴되고 고양이는 하나의 상태로 결정된다. 죽었거나 살았거나.

우리의 인생도 마치 커다란 박스 같다. 그 박스 위에는 '도전'이라는 스티커가 붙여져 있다. 그 스티커를 떼고 박스를 열어보기 전까지 우리는 슈뢰딩거의 저 고양이처럼 중첩 상태에 있다.

내가 성공할 수 있을까?

내가 실패하지 않을까?

그 모든 질문의 단순한 해답은 저 스티커를 떼기만 하면 직접 확인할 수 있다.

그런데 왜 망설이는가,

어서 저것을 떼어내지 않고.

차례

03 집착과 집념

04 노력의 가치

05 내가 원하는 대로

06 생 로랑이라는 낙원

07 오늘보다 더

01

동양에서 온
이방인

승부욕

어렸을 때부터 승부욕이 강했다. 나이 듦에 따라 불씨가 옮겨가는 대상만 달라질 뿐 언제나 무엇 하나에는 꼭 꽂혀서 승부욕이 불타오르고는 했다.

미국 아이들 중에는 비만인 경우가 많다. 내가 다닌 학교에서도 소아 비만 문제를 해결하고자 학교 체육부에서 '댄스 댄스 레볼루션(DDR, Dance Dance Revolution)'이라는 리듬 게임을 들여왔다. 한국에서는 '펌프' 게임으로 더 알려져 있는데, 음악 박자에 맞추어 발로 화면에 표시되는 모양의 발판을 밟아 점수를 누적시키는 게임이다.

어려운 곡일수록 템포가 빨라지기에 더욱 격렬히 발을 굴러 발판을 밟아야 한다. 실제로 해보면 몇 분 지나지 않아 땀에 흥건히 젖게 된다. 아이들의 경쟁심을 자극하고자 체육 선생님은 화이트보드를 DDR 기기 옆에 놓았다. 그리고 가장 높은 점수를 받은 학생의 기록과 이름을 랭킹별로 적어두었다. 그게 뭐라고 어린 나는 눈에 불을 켜고 DDR을 했다.

DDR은 아침 수업 전에만 오픈을 해주었기에, 여러 판을 하려면 정규 등교 시각보다 훨씬 일찍 학교에 갔어야 했다. 스쿨버스가 있었지만 일찍 가기 위해서는 다른 교통수단이 필요했다. 아버지는 그런 나를 자동차로 데려다주셨다. 아침에 부산을 떨며 부모님을 재촉하는 일이 다반사였다. 아침 8시 즈음 등교하여 30분 정도 미친 듯이 발판을 밟아댔다. 그 화이트보드에 내 이름이 적히기를 갈망했다.

그렇게 한창 DDR에 빠져 일찍 등교하던 나날이 이어졌다. 그러던 어느 날, 출근 준비를 하는 아버지를 재촉했다. 학교에 빨리 등교하기 위해서였다.

"아빠, 언제 끝나. 빨리 가자."

어린 시절에 나는 집안에서 '참을 성 없는 애'로 통했다. 심각할 정도로 참을성이 없었다. 내가 참을성이 있는 아이로 자라길 바란 부모님은 다양한 방법으로 날 훈육했다. 매를 들기도 했고, 오래 대화를 나누기도 했고, 따끔한 꾸중을 건네기도 했다.

그날, 아버지는 끝내 나에게 질려버리신 듯했다. 출근 채비를 끝낸 아버지는 내게, 오늘은 학교에 데려다주지 않을 테니 버스를 타고 가라고 말씀하셨다. 그 말에 나는 억장이 무너져 내렸다. 나는 무릎을 꿇고 빌며 학교에 일찍 가고 싶다고 했다. 꼭 나는 그 게임을 가장 잘해야 한다고, 일등이 되어야 한다고. 오늘 내가 게임을 하지 않으면 다른 학생이 나를 넘어설 것이라고. 울고불고 매달렸다. 그깟 비디오 게임이 뭐가 그리 중요하다고……. 하지만 그땐 필사적으로 빌었다.

재촉해서 죄송하다고 빌며 데려다달라고 우는 아이를 보고 용서해줄 법도 한데, 아버지의 훈육 방식은 단호함 그 자체였다. 아버지는 고개를 저으며 이게 다 너의 참을성을 기르는 교육의 일환이라고 짧게 말하고는 혼자 출근해버리셨다. 그때 아버지가 최고로 미웠다.

당시 휴직한 어머니와 대학원생이었던 아버지의 형편상 육아에 드는 비용은 최소한일 수밖에 없었다. 부모님은 내게 꼭 필요한 것들은 무리해서라도 사주었다. 하지만 그 밖에 부수적이라 판단되는 것은 들어주지 않았다.

당연히 DDR 게임기를 하나 사달라는 내 말은 들어줄 수 없는 일이었다. 다른 친구 몇몇은 게임기를 구매하여 학교 체육관뿐만 아니라 집에서도 연습했다. 어린 마음에 나는 그게 그토록 부러웠다. 어떻게 하면 나도 학교 외의 공간에서 추가적으로 연습을 할 수 있을까 고민했다.

'무엇이 되었든 게임의 박자에 맞추어 발판을 밟는 연습만 하면 되잖아?'

나는 그날부터 머릿속에 상상의 게임기를 만들어냈다. 컴퓨터로 노래만 틀고 이미지 트레이닝을 했다. 아무것도 없는 바닥 위 카펫에 게임기가 있는 것처럼 미친 듯이 쾅쾅 밟아대었다. 그 결과 정말로 어느 순간부터 나는 무한한 상상의 파도 위에서 나만의 수련을 하고 있었다.

몇 주 지나지 않아 화이트보드 맨 윗줄에 내 이름이 올랐다. 어느새 친구들은 나를 'DDR 킹'이라고 불렀다. 학창 시절에 내 이름만큼이나 많이 불린 별명이다.

내 인생의 결정적인 전환점을 되돌아보면, 나는 무언가 하나에 간절히 매달려 미쳐 있었다. 그 간절함이, 평범한 능력치를 가진 내가 경쟁에서 살아남을 수 있던 원동력이었던 것 같다. 간절함이라는 감정. 나에게 있어 본능에 가까운 그 정신적 요소는, 어린 나를 더욱 성장하게 했던 마법의 가루였다.

"노력하는 자가 즐기는 자를 넘지 못한다."라는 말에 나는 공감하지 않는 편이다. 노력하는 자만이 아는 고통, 좌절, 인내의 힘이 있고, 노력하며 견뎌낸 수많은 실패의 시간이 있다. 그런데 즐기기만 한 자가 과연 그런 경험 없이 단기간에 뛰어넘을 수 있을까?

마냥 즐기기만 한다면 역치 이상을 끌어낼 수 없다는 것이 현재 지금의 내 생각이다. 노력하는 사람들이 가장 무서운 이유가 무엇이냐고 묻는다면, 그들은 자신의 한계를 인지하면서도 그것을 깨부수려고 끊임없이 몸을 내던지며 성장하기 때문이라고 답할 것이다. 그것을 오롯이 즐겁기만 한 사람이 넘을 수 있을까라고 묻는다면…… 글쎄, 그것은 아직 나도 잘 모르겠다.

DDR 게임에 미쳐서 그 하나에만 매달렸고 끝내 정상을 찍은 경험은 지금까지도 뇌리에 선명히 새겨져 있다. 물론 DDR 게임 실력이 사는 데 얼마나 도움이 되겠느냐 싶지만, 여덟 살 때 나는 적어도 하나는 확실히 알았다.

'노력은 정말 배신하지 않는구나. 한 시간 하는 친구는 열 시간 하는 친구를 따라잡지 못하는구나.'

그런 작은 경험들이 쌓여 지금의 나로 성장할 수 있지 않았을까.

가족

"헬로우, 새라."

매주 금요일 밤 아홉 시 안방에서 들려오는 인사말.

어머니는 어언 14년째 미국의 한 정겨운 할머니에게 회화를 배우고 있다.

"여보, 나 차에 좀 다녀올게."

아버지는 당신만의 공간에서 신문을 스크랩하거나 영단어를 외운다.

부모님은 오십이 넘으셨다. 두 분은 늘 배움을 가까

이 했다. 시험, 자격증 등 어떠한 목적성을 띤 배움이 아닌 그 자체로서의 배움. 나는 그런 환경에 자연스레 노출되어 자랐다. 배움을 좇는 삶의 자세, 그것이 지금의 나를 피워낸 작은 새싹이 아니었을까 싶다.

공부는 탄탄한 직업을 갖기 위한 수단에 불과하다 여겼다. 적어도 어린 나는 그랬다. 아버지는 달랐다. 내가 여덟 살이 되던 해에 아버지는 연수 프로그램에 지원하여 미국으로 석사 유학길에 올랐다. 어머니는 본인의 커리어를 잠깐 놓은 채 아버지를 따라 이주했다. 덩달아 나까지 세 식구는 미국 생활을 시작했다.

한적한 도로, 듬성듬성 보이는 소나무. 그야말로 전원의 풍경이었다. 뉴욕New York시에서 차로 네 시간 정도 떨어진 시라큐스Syracuse의 첫인상은 '너무 평화로운 나머지 경외심이 드는 곳'이었다.

"에이, 비, 씨……."

그 당시에는 가끔 아버지에게 원망스러운 마음이 들 때도 있었다. 반강제적으로 영어 공부를 해야 했으니까. 나는 그때 알파벳조차 몰랐다. 그런 연유로 어린 나는 어느 한 로컬 스쿨에 갑작스레 던져졌다. 입학할 학교가 결정되고부터 매일 반강제적인 영단어 공부가 시작되었다.

나의 첫 영어 선생님은 어머니였다. 어머니는 꼬부랑꼬부랑, 영어 단어를 써놓고 그 옆에 한국어로 해당 발음을 적어놓았다.

내가 배운 첫 번째 영단어는 카car였다. 발음 칸에 적힌 그대로 '카'라고 읽었다. 그런데 이게 무슨 일인가. 어머니는 그렇게 읽으면 원어민과의 의사소통이 되지 않을 것이라고 했다. 그러면서 '카'라는 발음 뒤에 혀가 윗천장으로 말리며 우리 말 '리을' 자음과 같은 울림이 생겨야 한다고 하였다. 어문 규범에 맞지 않지만 발음 나는 대로 적어보자면 '카～ㄹ'라고 해야 한단다. 웃긴 것은 이렇게 따지면 영어 발음을 한글로 100% 완벽히 표기할 수 없다는 점이다. 어쨌든 나는 어머니의 가르침대로 어설프게 발음을 따라 했다.

"카 ～ㄹㄹ."

미국 사람들은 우리와 전혀 다른 방식으로 혀와 입천장을 사용하고 있었다. 한국말을 할 때와 사용하는 언어 근육이 다르다고 할까. 언어를 학습한다기보다 혀의 세밀한 부분, 구석구석 깊이 잠들어 있던 근육을 끌어내는 법을 새로 배우는 느낌이었다.

단어 하나하나를 어설프게 따라 하고, 그것을 알파벳으로 서투르게 써나가는 연습을 했다. 내가 제일 좋아했던 철자는 소문자 알(r)이었다. 어머니는 알을 쓰는 법을 알려주면서 마치 작은 새싹 하나가 땅에서 힘겹게 돋아나는 모습을 상상해보라 했다. 그 기억 때문인지 내 뇌리에서 'r'은 '새싹'과 연관지어진다. 매우 귀여운 친구다. 그 철자를 쓸 때에는 괜히 마음 한구석에서 기쁨이 돋아난다.

그때까지는 알지 못했다, 단어만 안다고 의사소통이 되지 않는다는 것을. 어린 나는 너무나도 외롭고 마음이 아팠다. 완벽한 의사소통이 어렵다는 현실은 어린 내게 소외감이라는 감정을 깨치는 결과를 가져왔다. 주변을 둘러싼 낯선 사람들, 그들은 어린 동양인 소년에게 호의적이었다. 하지만 의사소통이 어려웠던 내게는 그저 소외감을 가중시키는 '낯선 사람들'일 뿐이었다.

말이 통하지 않기에 내가 느끼는 소외감을 설명할 수도, 도움을 요청할 수도 없었다. 그때 잠시나마 갓난아기의 입장이 되었던 것 같다. 오직 울음으로써 소통을 할 수밖에 없는 갓난아기 말이다. 부모와 언어적 소통이 불가한 아기는 울음을 터뜨리는 것으로써 소통의 창구를 만든다. 여기서는 내가 그들에게 '낯선 사람'이다. 이방인이 살아가려면 이 나라의 소통 방식을 따라야 한다. 소외감에서 벗어나고자 그때부터 열심히 미국의 소통 수단인 영어를 파고들었다.

온기

미국 초등학교에 입학하고 한동안 아버지는 대학원에 가기 전에 매일 아침 학교에 들러야 했다. 아침 여덟 시, 담임선생님이 대책회의를 요청해왔기 때문이다.

"현준이가 매일 우는데 그 이유를 말을 안 해요."

영어를 할 줄 알아야 뭐라도 말을 하지. 외로웠다.

"헤이Hey."

여덟 살의 내가 학교에서 어렵게 내뱉은 첫마디였다. 그 이상의 말은 잇지 못했다. 내가 뱉은 한마디에 운동장의 친구들은 내게 막 뭐라 뭐라 말을 건네오며 빙그레 웃어 보였다.

그때 그들은 나에게 무슨 말을 해주었을까? 아마도 환영의 말이었을 거다. 뜻은 몰라도 그들의 웃음, 맑은 눈빛 그리고 손짓에서 온기가 전해졌으니까.

내가 할 수 있는 최선은 그들에게 따스하게, 내가 할 수 있는 최대한의 호의를 담아 웃는 것이었다. 부르기만 하고 말을 잇지 못하는 나를, 일방적 소통을 시도한 동양인 아이를 어떻게 생각했을까?

소외감에 주춤하던 나와 달리 그들은 아무렇지 않게 대했다. 나를 매서운 시선으로 쳐다보거나 내게 차별 어린 행동을 하지도 않았다. 간식을 대신 가져다주고 아파 보이면 대신 선생님을 불러주었다.

내가 그랬듯이 그들도 한글을 낯설어했다. 특히 내 이름의 '현Hyun' 자를 어떻게 읽어야 할지 몰라 했다. 서로 어려워하는 부분을 이해해주기로 암묵적인 합의가 이루어졌다고 할까. 며칠 뒤부터 나는 학교에서

'하이윤'으로 불렸다. 'HYUN'을 철자 발음대로 읽은 것이다.

소통이 원활하지 않던 초반에는 또래끼리 통하는 온기로 대화했다. 그들은 친구를 도와주는 것을 너무도 당연히 여겼다. 어떠한 귀찮음의 내색도 없이 자발적으로 도와주었다.

어느 날, 간식을 먹는 '스낵 타임' 때였다. 한 친구가 하트 모양으로 신기하게 꼬불꼬불 꼬여 있는 과자를 꺼냈다. 연한 브라운색의 빵과 비스킷 사이의 애매한 질감의 무언가에 깨인지 소금인지 잘 분간이 가지 않는 하얀 알갱이들이 뿌려져 있었다. 엄청나게 먹음직스럽게 생긴 간식이었다. 수분기가 많지 않고 딱히 냄새는 나지 않는 드라이한 매력의 그것은 바로 프레첼Pretzel이었다.

나는 빤히 프레첼을 쳐다보았다. 귀엽고 작은, 미니 사이즈 프레첼 여러 개가 비닐 지퍼 백에 담겨 있었다. 친구는 내 호기심 어린 눈빛을 눈치챘는지 하나를 건넸다. 오도독오도독, 프레첼을 씹었다. 한국에서 먹은 포테이토칩이나 새우 과자와는 다르게 단단했지만 식감이 매력적이었다. 또 짭조름하니 입에 잘 맞았다. 소금의 짭짤함 뒤에 은은히 찾아오는 고소함이 잘 어우러졌다.

친구는 나에게 그 백 전체를 주며 '너 다 먹어.'라고 추정되는 말을 했다. 나는 두 눈 가득 고마움을 담아 싱긋 웃어 보였다. 그런 소소한 따듯함이, 소통이 불편해서 오는 내 소외감을 조금씩 녹여주었다.

어른이 된 지금도 그때를 생각하면 '나는 그들처럼 곤란해하는 친구를 아낌없이, 차별의 시선 없이 도와줄 수 있을까?' 하고 의문이 든다. 뒤늦게 그들에게 고마운 마음이 드는 동시에 나는 그들처럼 하지 못했을 거라는 생각에 씁쓸한 마음이 든다. 여덟 살의 이방인에게 건넨 그들의 순수하고도 따듯한 마음을 잊지 않고 살다가, 나도 언젠가 마음이 외로운 누군가를 만나면 그 마음을 따듯하게 보듬어주고 싶다.

핼러윈

미국에는 우리나라에 없는 기념일이 많다. 한국 공휴일이어도 당연히 미국에서는 학교를 가야 해서 어린 마음에 크게 낙담하였다. 그런데 또 반대로 한국은 공휴일이 아닌데 미국은 쉬는 날이 있으면 생각지도 못한 선물을 받은 기분이었다. 실제로도 미국의 기념일에는 마을 전체가 축제 분위기이거나 지인끼리 모여 파티를 하는 게 일상적이었다.

미국 기념일 중 가장 신기하고 흥미로운 것은 핼러윈Halloween이었다. 지금은 한국에서도 핼러윈이 어느 정도 알려졌지만, 나는 미국에 갔을 때 처음 알게 되었다. 어린 내 눈에 미국 명절 핼러윈은 남녀노소가 함께 즐기는 패스티벌 같았다. 핼러윈 때 어떤 커스튬을 입을지 어떤 분장을 할지 한 달 전부터 고민할 정도로 미국 사람들에게는 매우 비중 있는 휴일이다.

미국에서 살게 된 그해, 10월부터 거의 모든 중대형 마트에서 핼러윈 코스튬을 판매하기 시작했다. 무섭고 징그러운 프랑켄슈타인부터 아이코닉한 스크림 마스크까지 종류가 다양했다. 심지어 어떤 코스튬들 중에는 그 정도가 심해서인지 '15세 이상만 구매 가능'이라는 문구가 붙은 채로 꽁꽁 밀봉된 것도 있었다.

미국에서 처음 맞은 핼러윈에 내가 선택한 커스튬은 배트맨이었다. 빠듯한 살림살이에 알뜰살뜰 가계를 꾸렸던 어머니도 내가 핼러윈을 즐기기를 바랐던 것인지 흔쾌히 배트맨 커스튬을 사주었다. 배트맨 커스튬의 가슴 부분에는 커다란 근육 패드가 들어가 있었다. 입자마자 나는, 몇 년은 단련해야 얻을 수 있는 탄탄한 근육질 몸이 되었다. 크리스찬 베일이 된 기분에 당장이라도 악당을 물리칠 수 있을 것 같았다.

핼러윈 당일, 담임선생님은 마녀로 분장한 채 수업을 진행했다. 끝이 심하게 휘어져 내린 가짜 매부리코를 달고 길쭉한 모자를 쓴 채 수업을 하는 모습이 이색적이었다. 가장 놀랐던 점은 다소 유치할 수 있는 판타지 바탕의 기념일이건만 이날만큼은 어른들도 동심으로 돌아가 즐긴다는 것이었다. 마치 모든 미국인이 대동단결한 느낌이랄까.

그날 저녁에는 친구들과 함께 모여 '사탕 주세요!'를 하러 호박 바구니를 들고 이웃집들의 초인종을 눌렀다. 거의 모든 집에서 우리를 살갑게 맞아주며 한가득 사탕을 담아 주었다. 그날 불가피하게 외출하게 되어 집이 빈 경우에는 "sorry"라는 문구와 함께 문 앞에 많은 사탕을 놓아두었다. 그날 밤 내가 평생 먹은 사탕보다 더 많은 사탕과 초콜릿을 바구니에 담아 집에 돌아왔다. 그렇게 나는 점차 미국 생활에 한 걸음, 한 걸음 적응해 나갔다.

우매함의 봉우리

어릴 적 내 모습을 떠올리면 나도 모르게 웃음이 나온다. 왠지 민망하고 부끄러워 볼도 살짝 붉어진다.

내가 다닌 초등학교 도서관의 책에는 권마다 알파벳 A부터 Z까지의 스티커 중에서 하나가 붙어 있었다. 그것은 책의 언어적 난이도를 나타내는 기호 같은 것이었다.

가령 알파벳 A가 붙은 책의 수준은 유치원생들이 읽는 그림책 정도였고, 알파벳 O가 붙은 책의 수준은 해리 포터 시리즈나 경제학 책 등이었다. 깊이가 있고 심도 있는 내용과 어려운 언어를 사용할수록 높은 레벨의 알파벳이 붙어 있었다.

아직 영어로 말도 잘 못하던 내 눈에는, O나 N과 같이 후반부 알파벳이 붙어 있는 책들을 읽는 형과 누나들이 그렇게 멋있어 보일 수가 없었다. 나 혼자 괜히 승부욕에 발동이 걸려 그들에게 질세라 알파벳 Z가 붙은 책을 찾았다. 당시 도서관에서 알파벳 Z가 붙은 것 중 가장 어려워 보이는 책을 발견했다. 바로 《The Wind in the Willows》라는 책이었다. 나는 그 책을 가져와 읽기 시작했다.

어려운 책은 글씨 크기부터 달랐다. 그동안 보던 큼직한 글씨는 온데간데없고 개미만 한 글씨가 페이지마다 빽빽했다. 그림도 없었다.

이해도 못 하는 책을 매일 들여다보았다. 눈이 아프게 읽어도 머릿속에 들어오는 것은 없었다. 그것을 읽는 나를 보며 사람들이 멋지다고 생각해주길 바랐던 거다.

지금 생각해보면 얼굴이 화끈거리는 일이다. 말도 제대로 못하는 한국인 소년이, 가장 어려운 책을 읽고 있는 모습을 보았을 때 담임선생님은 얼마나 귀엽고 웃겼을까. 그래도 나의 어깨가 처지지 않게 아무 말 안 하고 싱긋 웃어준 선생님에게 너무 감사하다.

당당할 걸 그랬어

내가 다닌 미국 초등학교에서 나는 유일한 한국인이었다. 거의 대부분의 아이가 미국인이다 보니 나는 '한국 문화'에 대해 조금 위축되어 있었다. 이유는 잘 모르겠다. 아마 나만 혼자 한국적인 시각을 가지고 있다는 것이 어린 마음에 부끄러웠던 것 같다. 지금 생각해보면 왜 그랬나 싶다. 사실 남들은 나한테 그렇게 관심이 없다는 것을 깨닫는 데 너무 오래 걸렸다.

견학을 갈 때면 집에서 도시락을 싸서 가야 했다. 한번은 점심시간에 아이들과 잔디밭에서 각자 싸온 도시락을 꺼냈다. 다른 친구들은 샌드위치나 파스타 또는 빵이나 간단한 홈메이드 피자 같은 음식을 싸왔는데 나 혼자 김밥을 싸왔다. 나는 그날 내 인생에서 김밥이 제일 싫었다. 그들 사이에서 김밥을 꺼내는 것조차 겁이 나고 부끄러워서 결국 그날 나는 김밥을 먹지 않고 고스란히 들고 돌아왔다. 어머니가 아침부터 정성스레 싸준 김밥이었는데…….

다수에 기가 죽어서 나만의 것을 부끄러워하고 외면했다. 되돌아보면 정말 아무것도 아니었는데 그때는 나 혼자만 '다름'이라는 게 참으로 두려웠다. 조금 더 당당히 내 김밥을 먹을걸 그랬다.

수학의 정석

"3분의 2와 2분의 1 중 무엇이 큰지 이렇게 비교하는 거야."

아버지는 나의 첫 수학 선생님이었다. 아버지는 주입식 교육은 좋지 않다며 한 문제를 풀어도 모든 원리를 설명해주었다. 초등학교를 졸업할 때까지 아버지는 친한 친구이자 수학 선생님이었다. 아버지는 매일 수학 숙제를 내주었다. 수학 수업은 재미있었지만 숙제는 정말 싫었다.

하루는 초등학생들의 공공의 적과 같은, '소금물 문제'를 배우고 있었다. 간단히 말하면, 다른 농도의 소금물 여러 개를 섞었을 때 최종 혼합물의 농도를 구하는 식의 문제다. 처음 소금물 문제를 접했을 때 나는 머릿속이 너무 복잡했다. 왜냐하면 어린 나에겐 '농도'라는 것이 무엇인지 도통 알 수 없었기 때문이다. 게다가 여러 농도의 혼합물을 섞는다는 것도 애매모호해서 와닿지 않았다.

> 여러 개의 소금물 샘플이 비커에 담겨 있다. 농도 15%짜리 100g, 농도 20%짜리 250g, 농도 30%짜리 500g의 소금물을 모두 섞었을 때에 최종 혼합물의 농도는?

위는 표준 난이도의 소금물 문제다. 나는 직관적으로 문제를 풀기 일쑤였다.

'아무래도 농도가 높은 소금물을 점점 섞었으니까 15퍼센트보다는 높을 테지. 그런데 30퍼센트짜리가 500그램으로 가장 많으니까 30퍼센트에 좀 더 가까울 것 같아. 그러니까 대충 한 25퍼센트 정도이지 않을까?'

이런 식으로 놀랍기 그지없는 직관으로, 아니 찍기로 답을 때려 맞히려고 했다.

아버지가 수학을 가르칠 때 가장 강조했고, 지금까지 가장 강조하는 것이 바로 '정의'이다. 아버지는 개념이나 풀이법은 외우지 말고 최대한 이해하라고 하였다. 그러니까 암기에 의존하지 말고 머리로 이해하여 숙지하라는 거다.

그런 아버지가 유일하게 "정의는 무조건 암기하라."라고 강조하였다. 가령 원의 성질과 특성을 이해함으로써 빈 종이에 다시 유도를 할 수 있을 정도면 충분하지만, '원'이라는 것 자체가 무엇인지는 명백히 암기하라는 것이다. '원이란 한 점으로부터 같은 거리(반지름)만큼 떨어진 무수히 많은 점의 집합 및 자취이다.'와 같이 정의를 외우라는 말이었다. 아버지는 정의만 완벽히 외워도 문제를 푸는 시야 자체가 기하급수적으로 넓어진다고 하였다.

다시 소금물 문제로 돌아가서. 이 문제를 풀려면 '농도'의 정의를 외워야 한다. '농도란 특정 성분의 무게를 총 혼합물 전체의 무게로 나눈 비율'이다. 농도의 정의를 외우고 난 뒤부터는 문제에 대해 이성적인 접근이 가능해졌다.

위의 문제를 푼다고 가정해보자. 총 혼합물의 농도를 구하려면, 위의 정의에 따라 '총 성분의 무게 ÷ 총 혼합물 무게'를 계산하면 된다. 이렇게 되면 분모를 구하는 것은 쉽다. 각각의 무게를 더하면 850그램(100+250+500)이 된다.

이제 분자를 구할 차례다. 그러려면 소금물에 들어가 있는 소금의 총량만 파악하면 된다. 이것도 정의에서 유도할 수 있다. '성분의 무게란 농도와 총 혼합물의 양을 곱한 것'이라는 정의로 풀 수 있다. 이를 적용하면 각각의 비커에 들어 있던 소금의 양은 15그램(100×0.15), 50그램(250×0.2), 150그램(500×0.3)이니까 더하면 총 215그램이다. 그럼 총 혼합물의 농도는 약 25.3퍼센트(215÷850)이다.

정의를 완벽히 숙지하면 수학은 결국 여러 말의 수식적 재조합이라는 것을 알게 된다. 나는 이 사실을 아버지에게 배웠다.

아버지의 다소 원론적인 수학 교육 방식이 처음에

는 매우 지루했다. 보통 수학 공부를 한다고 하면 '문제를 잘 푸는 것'이라 여기고 개념을 간과한 채 문제 풀기에만 집중하기 쉽다. 이러한 방식으로 수학 공부를 하면 밑 빠진 독에 물을 붓는 것과 다름없다. 나는 학창 시절뿐 아니라 대학에 입학하고서도, 또 사회에 나와서도 늘 정의에 가장 큰 의미를 두고 공부해 나가고 있다. 꼼수가 아닌 정석을 따르는 것의 중요성을 가르쳐준 아버지에게 고맙다.

환경에 따라

미국에 온 지 어언 일 년이 지났을 즈음이었다. 한국어를 사용할 때라고는 하교 후 집에 와서 어머니, 아버지와 대화하는 시간이 고작이었다. 나머지 학교에 있을 때나 친구들과 어울릴 때나 인터넷하거나 숙제를 할 때는 모두 영어를 사용했다.

낯선 꼬부랑 알파벳에 일 년간 노출된 한국인 소녀은 쓰는 말이 굉장히 우스꽝스러워졌다. 가령 사물의 이름을 말할 때 머릿속에 그것에 해당하는 영어 단어가 먼저 떠올랐다. 그러다 보니 문장으로 말할 때 한국어와 영어를 반반 섞어서 완성했다. 가령 "버스 기사님이 내일 여덟 시에 집 앞에 오셔서 아이들 픽업하신대."라는 말을 "'엄마, 내일 bus driver가 8 o'clock에 house 에서 우리 pick up해준대."라고 했다.

뭐, 이러면 한국어라고 할 수도, 영어라고 할 수도 없다. 그야말로 혼종 언어를 구사했다. 미국에 처음 왔을 때에는 상상도 못 했던, 긍정적이라면 긍정적인 변화였다. 아마도 언어 습득력이 스펀지와도 같은 어린아이의 뇌와 영어권이라는 환경적 요인이 맞물린 덕분에 일 년 만에 드라마틱하게 바뀐 것 같다.

나중에는 한국말로 내 감정을 표현하는 게 어려워졌다. 그래서 앞으로 영어로 말하겠다고 선언하고는 몇 달 동안 나는 부모님에게 영어로 말하고 부모님은 내게 한국어로 말하는 식으로 아주 독특하게 대화했던 기억이 있다.

영어를 잘했다는 말을 하고 싶은 건 아니다. 어떠한 하나를 온전히 본인의 것으로 만들고 싶을 때 가장 효과적인 방법은 주변을 그것으로 가득 채우라는 말을 전하고 싶다. 억지로 익히려고 애쓰는 것보다 그것에 노출될 수밖에 없는 상황을 만들면, 신기하게도 우리 몸은 '생존 모드'에 돌입해 그것을 잘할 수밖에 없게 된다.

참 슬프게도 한국에 돌아온 지 얼마 되지 않아 나의 영어 실력은 많이 퇴화해버렸고 한국어 실력은 원상 회복되었다. 어렸을 때의 영어 구사력을 잃어버린 게 아쉽지만 뭐 어쩌겠나 환경이 우리의 현재를 빚어내는 것을.

02

불안감보다
강한 자신감

뉴요커 스타일

어른이 되어 뒤늦게 깨닫게 되는 것들이 있다. 모델 일로 뉴욕을 방문했을 때 한동안 깻잎조림 캔, 참치 캔, 즉석밥만 먹은 적이 있다. 그러다 어린 시절의 한 장면이 떠올랐다.

"아들! 이렇게 간단하게 먹는 것이 '뉴요커 스타일'이야."

지금 생각해보면 터무니없는 말이지 않나. 대체 어느 '뉴욕 시민'이 햄버거, 샌드위치, 랩, 타코 등과 같은 풍미 좋고 간편한 패스트푸드를 마다하고 주섬주섬 햇반을 돌려 깻잎조림 캔을 따서 먹겠는가? 그러나 어머니의 한마디는 어린 나를 들뜨게 만들기에 충분했다. 그날 이후 깻잎조림 캔과 참치 캔은 내게 더 이상 초라하고 조촐한 끼니가 아니었다. 그들과 다를 바 없다는 소속감을 안겨주는, '뉴요커 스타일'의 상징으로 다가왔다.

생활의 지혜라고 해야 할까, 하얀 거짓말이라고 해야 할까. 어머니는 '발상의 전환'이라는 카드를 겸비해두고 적재적소에 꺼냈다.

어느 추운 12월의 저녁이었다. 크리스마스가 되기 며칠 전이서 우리 가족은 나름 분위기에 맞추어 특별히 저녁 외식을 했다. 맛있는 밥을 먹고 돌아오는 길에 부모님이 귀여운 조립형 장난감을 크리스마스 선물로 사주었다. 당시 산타클로스의 존재를 철석같이 믿고 있던 나는 부모님이 사준 장난감 한 개 외에도 성탄절 당일 산타가 줄 장난감 한 개를 기대했다. 그러니까 크리스마스 선물로 총 두 개의 장난감이 생긴다고 짐작하고는 잔뜩 신이 났다.

그런데 웬걸, 성탄절 당일 아침 침대맡에는《칭기즈 칸》이라는 제목의 책이 놓여 있었다. 그걸 본 나는 내 마음을 전혀 헤아리지 못한 산타클로스에게 서운함과 분노가 치솟은 나머지 엉엉 울었다. 우는 내게 달려온 어머니에게 눈물을 뚝뚝 흘리며 산타클로스의 만행을 일러바쳤다. 그런데 어머니는 차분히 '발상의 전환' 카드를 꺼냈다.

"산타클로스가 똑똑하다! 어쩜, 엄마가 이미 장난감을 선물해준 줄 알고 다른 선물을 주셨네. 장난감도 좋지만 현준이 네가 책도 읽으면 더 똑똑해지고 좋을 것 같아서 주셨나 보다."

어머니는 오히려 산타클로스를 칭찬했다. 나는 어머니의 말을 듣고 산타클로스가 참 똑똑하다고 생각했다.

'정말 산타는 나를 계속 보고 있었구나. 내가 장난감을 받은 것을 어떻게 알았지? 참 바쁘실 텐데도 나

를 계속 관심 있게 보고 계셨네.'

산타클로스의 노고(?)에 감탄한 나는 그가 선물해 준 책을 조금씩 읽어 나갔다. 분노를 가라앉히고 책을 읽어보니 칭기즈 칸의 이야기는 생각보다 재미있었다. 몽골에서 태어난 그가 어떻게 영토를 넓혀 나갔는지를 다루었는데, 역사 만화치고는 제법 흥미진진했다. 얼마 지나지 않아 나는 그 만화의 속편을 구매하러 서점에 갔다.

발상의 전환은 인생에 너무나도 유용한 도구였다. 아직 나는 그 카드를 어머니만큼 적절히 사용하지는 못한다. 능숙해져서 언제 어디서든 나를 위해 적재적소에 사용할 수 있었으면 좋겠다. 그러려면 한 십 년은 더 걸리려나.

상식적으로

나는 선천적으로 똑똑한 사람이 아니다. 여기서의 똑똑함은 타고난 비상함이 아니라 상식적인 노련함을 의미한다. 그런데 고맙게도 나의 상식적인 노련함을 키워준 이가 있다. 바로 아버지이다. 내가 상식적으로 조금 모자란 행동을 하면 늘 바로잡아주려 애쓰셨다.

미국에서 주말 농구 교실을 다녔다. 학부모 중에서 농구를 좀 한다 싶은 분들이 동네 아이들을 모아두고 가르쳐주는 형식으로, 프리한 분위기의 농구 수업이었다. 체계적인 스킬 트레이닝보다는 아이들끼리 팀을 짠 후 게임을 하게 하는 식으로 진행되었다. 주로 4:4나 5:5로 팀을 짜 게임을 뛰었다.

아무리 농구 지식이 없는 사람이라 하여도, 상식적으로 농구 수비를 할 때 공격수가 우리 진영 골대 방향으로 드리블해 진입하면 그 반대 방향, 즉 그 사람의 얼굴을 마주 보고 수비해야 한다는 것은 알 것이다. 그런데 나는 그 정도의 감도 없어서 수비를 뒤에서 했다. 공격수를 에스코트하듯이 뒤에서 따라갔다. 보디가드처럼 말이다.

그것을 본 아버지는 경악을 금치 못했다. 도대체 자신의 아들이 어째서 그런 행동을 했는지 한동안 이해를 못 하고서는 고개를 절레절레 저으며, 나의 이러한 행동들을 가리켜 '상식을 벗어난 떨떨한 행동'이라 불렀다. 그러고는 훈계를 시작하였다.

참 아버지도 별난 아들을 두어 놀랄 일이 많으셨으리라. 아니, 현재 진행형인가?

불안감

미국에서 보낸 어린 시절 동안 마음이 편했던 적이 없다. 늘 새로운 이유로 불안해했다. 가령 하교 후에 엄마의 퇴근이 늦어지면 머릿속에 이런저런 불안이 움텄다.

엄마가 퇴근했을까?
엄마가 올까?
왜 엄마가 오지 않을까?

오 년 후의 인생을 살짝 엿볼 수 있는 능력이 있었

다면 어땠을까, 가끔은 그런 생각을 해본다. 그랬다면 어렸을 때 그토록 불안에 쫓기지 않아도 되었을 텐데…….

지금 되돌아보면 너무 작은 고민거리인데 그때는 엄청난 시련처럼 끙끙 앓았다. 나처럼 심각한 고민이 있는 아이는 없을 거라고 생각했다. 심각하기는 했다. 고민의 내용이 아니라, 어린 내가 체감하는 불안감이 심각했다.

열 손가락 모두 손끝이 성한 곳이 없었다. 손톱의 흰 부분이 다 없어지는 것도 모자라 선홍 부분이 잘려 나가 살이 보이고 피가 나올 때까지 물어뜯으며 불안감을 달랬다. 그 정도로 걱정했던 고민거리라면 지금도 기억이 나야 하는데, 웬걸 기억이 하나도 나지 않는다. 그런 것을 보면 아마 소소한 고민이었겠지 싶다.

항상 내 고민의 초점이 미래를 향해 있던 것이 조금은 안타깝다. 가끔은 현재를 직시했다면, '지금의 행복'을 맛볼 수 있지 않았을까? 그랬다면 행복으로 기억되는 과거의 장면이 지금보다 많지 않았을까? 현재를 직시했다면 '지금 중요한 것'이 무엇인지 인지하고, 혼자 불안에 떠는 일 없이 남들과 소통할 수 있었을지도 모른다.

미래에 어떠한 일이 일어날지 불안해하며 그것을 미연에 방지하고자 현재를 희생하며 살았다. 그것이 가끔은 후회된다. 물론 늘 현재만을 위해 살아야 한다고 생각하는 것은 아니다. 현재만을 보고 산다면 풍성하고 가치 있는 미래를 맞는 게 어려울지도 모른다. 그렇지만 오지도 않은 불길한 미래를 그려 나가면서까지 현재의 질을 악화시키기에는 삶이 너무 짧다.

나는 안정된 미래를 위해 이미 플랜 B, C, D 등 여러 방향으로 준비해놓았다. 그럼에도 나는 '이러한 대비책들을 전부 사용할 최악의 상황이 찾아오지 않을까?' 하고 걱정이 든다.

언제쯤 나는 지금을 만끽할까. 걱정이 많다. 지금도 그렇다.

관심이 충만함으로

어린아이는 업어주지 않았다고 그 자리에서 울어버리기도 하고, 대화라는 소통의 창을 두고 꽥꽥 소리를 지르기도 한다. 어린아이가 어리광을 부리고 떼를 쓰는 것은 미숙하고 철이 없는 어린아이여서 그런 걸까? 스쳐 지나가는 봄바람에도 거센 풍파를 맞은 듯이 흔들리는 여리고 감정적이어서? 어른이 되어보니 어린아이에게는 감정에 마음껏 솔직해도 된다는 특권이 쥐어져 있는 것 같다.

곰곰이 어렸을 때를 생각해보면, 내가 어리광 부리고 떼를 쓴 기저에는 '주목받고 싶다'는 바람이 있었다. 인정 욕구의 발현이 아닐까 싶다. 업어줄 사람이나 이야기에 귀 기울여줄 사람은 표면적인 것이고, 그 아래에 깔린 것은 '자신의 존재를 인정해줄 타인이 있었으면 좋겠다.'라는 바람이다.

미국에서의 생지옥과도 같은 첫 학기를 보내고 나서야 나는 제법 안정기를 맞았다. 어느 정도 의사소통도 가능해져서 나와 그들 사이에 감정 공유가 서투르게나마 이루어졌다. 담임선생님이 아버지와의 정기 면담을 갖지 않게 된 지도 몇 달이 지났다.

어느 순간을 기점으로 일 학년 아이들의 관심이 내게 몰린 적이 있다. 당시에 나는 그림 따라 그리기를 좋아했다. 그림을 잘 그린 게 아니라 대상 그림을 보고 따라 그렸다. 모작하는 것처럼, 인터넷에 있는 그림을 하나 골라 그대로 따라 그리는 것을 좋아했다. 집에서, 학교에서 그렇게 조금씩 그림을 따라 그렸는데, 친구들이 그런 내 모습을 보고 '최현준'이라는 동양인 소년에게 관심을 보인 것이다.

또 아버지에게 꾸준히 수학을 배워 오던 게 빛을 발해, 나름 우리 반에서 수학을 잘하는 축에 속하게 되었다. 그래서인지 친구 몇몇이 수학 숙제를 물어보려고 우리 집에 전화—규모가 작은 학교라 전교생 집 전화번호부를 책으로 만들어 공유했었다—를 걸기도 했다. 그들이 내비치는 관심을 조금씩 느끼다가, 같은 학년 학생 모두가 내 존재를 알고 있음을 확신했다.

내가 낯선 환경에 적응해 존재를 알리기까지, 알게 모르게 주변 사람들의 도움을 받았다. 특히 두 분이 기억에 남는다. 미국인들은 내 이름을 발음하기 어려워했다. 그중에서 정말 과하다 싶으리만큼 노력을 한 두 분이 바로 담임이었던 던킨슨 선생님과 내 친한 친구의 어머니 서스맨 씨였다. 서스맨 씨와 던킨슨 선생님은 서로 '최현준'이라는 이름을 올바르게 발음하고자 경쟁을 했다. 한 동양인 아이를 위해 '이름만큼은 제대로 불러주자.'라는 순수한 배려였다.

서스맨 씨와 던킨슨 선생님은 '현'—이름 석 자 중 가장 어려워한 글자—을 누가 더 올바르게 발음하는지 서로 정정해주며 연습했다고, 나중에 학부모 컨퍼런스 때에 말해주었다. 누군가 내 이름을 불러주기 위해 그렇게 노력한 것은 아마 남은 내 인생 동안에도 다시없을 경험일 것이다.

학교에 내 존재가 부각되고 이름이 제대로 불려지고……. 이때부터 나는 미국 생활에 완벽히 적응했던 것 같다. 아, 역시 어린아이들에게는 관심이 만병통치약이라니까. 그건 어른이 되어서도 마찬가지일 테지만. 아이만큼 솔직하지 못할 뿐 타인의 인정만큼 삶의 원동력이 되는 게 또 있을까.

함께 있어 줄 거야

맞벌이 부모님 밑에서 혼자 있는 시간이 많았다. 어린 나는 늘 애정을 갈구했다.

'많은 사랑을 받고 싶다.'
'따스한 말과 위로의 한마디를 듣고 싶다.'

김이 모락모락 나는 식탁. 엄마가 해준 떡볶이를 먹으러 집에 가는 친구들이 부러웠다. 집에 가면 엄마가 잘 다녀왔느냐고 인사해준다는 것이 어찌나 질투가 났던지. 나중에 나는 내 아이가 그런 마음이 들지 않도록 함께 있어 주고 싶다. 그리 다짐할 만큼 어린 시절 느낀 외로움의 크기는 상당했다.

한국에 돌아온 이후 어머니는 바로 복직하셨다. 이젠 아버지, 어머니 두 분 다 바쁜 직장인이었고 학교 끝나고 집에 돌아오면 부모님이 저녁까지는 안 계셨다.

엄마가 보고 싶었다. 미국에서 그랬던 것처럼, 엄마가 주방에서 요리하며 음식을 볶는 소리가 듣고 싶었다. 교과서적인 말만 듣게 될 테지만 아버지가 보고 싶었다. 부모님을 만나려면 퇴근하고 오는 저녁까지 기다려야 했다.

어린아이에게 부모의 부재는 생각보다 컸다. 당시에는 몰랐지만 지금 되돌아보니 미국에서 한국으로 돌아와 환경이 바뀌니 더 그러했던 것 같다. 나는 여러 가지 비정상적인 행동을 함으로써 정서적 공허함을 채우려고 했다. 일부러 제 손으로 힘든 인생을 만들었다고 해야 하나.

처음으로 먹는 것에 대한 집착이 생겼다. 불안하면 먹었다. 밥도 필요 이상으로 많이 먹었다. 미국에서 부모님과 함께 있을 때에는 먹는 것에 크게 의미를 두지 않았다. 피자가 있으면 있고, 없으면 없는 것이다. 그저 배가 고프면 먹고, 안 고프면 그냥 그만 먹었다. 먹는 것은 나에게 생존의 문제일 뿐 그 이상도 이하도 아니었다.

하지만 초등학교 3학년부터 나에게 먹는 것은 생존본능의 산물 이상의 그 무언가로 변모하였다. 정서적 허기를 채우는 하나의 방법이 되었다. 가령 피자를 먹는 동안 허기를 달랠 수 있었고, 부모님이 없는 시간을 조금 더 안락하게 보낼 수 있었다. 무언가를 먹는 동안은 먹는 것에 집중하게 되니까 걱정이 없었다.

'부모님이 퇴근해서 일곱 시 반에 올까?', '일이 있어서 더 늦게 오면 어떡하지?' 그런 생각이 들면? 얼른 입에 피자 한 조각, 치킨 한 조각을 더 처넣으면 되니 걱정이 없었다. 그 당시에 나는 약간의 '섭식 문제'가 있었다.

학교가 끝나면 저렴한 컵 떡볶이를 사 먹었다. 돈이 없으면 어묵 국물이라도 달라고 부탁해 먹었다. 그냥 너무 불안했다. 어린 마음에 엄마, 아빠가 보고 싶었다.

초등학교 3학년 막바지 때였을 것이다. 어디서 들은 건 있어서 어머니에게 조심스레 얘기를 꺼냈다.

"엄마, 나도 다른 아이들처럼 엄마가 집에 있었으면 좋겠어. 사표를 내면 좋겠어."

아마 어머니도 마른 하늘에 날벼락이 떨어진 듯 놀랐을 것이다. 초등학교 3학년밖에 안 되는 아이가 도대체 어디서 '사표'라는 단어를 알아왔는지, 회사를 그만두고 집에 있어달라고 하는지……. 그 당시 우리 집 사정상 갑자기 외벌이로 돌리기는 힘들었을 것이다. 그런데 참 감사하게도, 어머니는 나의 고민을 그 자리에서 묵살하지 않고, 진지하게 숙고하셨다.

며칠 후 어머니는 사표를 내겠다고 했다. 나는 날아갈 듯 기뻐서 친구들에게 자랑을 하고 다녔다. 나도 이제부터는 집에 가면 엄마가 맞아주는 그러한 '화목한' 집이 되겠구나, 그리 생각했다. 그런데 웬걸, 그 약속을 한 지 일주일쯤 지났을까 회사에 있을 어머니에게서 전화가 걸려왔다. 수화기 너머로 어머니의 침울한 목소리가 들렸다.

"아들~ 음, 엄마 사표 못 낼 것 같아."

정확하게 기억은 안 나지만 어머니는 어린 내게 사표를 내지 못하는 이유를 구체적으로 설명해주었다. 내가 그럴 수밖에 없을 만큼 중대한 이유였다는 기억만 있지만.

아무튼 결론적으로 '엄마가 맞아주는 집'이라는 나의 바람은 무산되었다. 나는 살면서 그날 처음으로 저녁을 굶었다. 방에서 엉엉 울었다. 원래 숫자 '0'보다 '1 빼기 1'을 해서 '0'을 만드는 것이 더 서러운 법이다. 약을 주고 병을 주는 느낌이랄까. 어머니는 너무 미안해했다. 그 마음이 전해져서 나는 생난리를 치고 싶은 걸 꾹 참았다.

그 후로는 일곱 시 반—아버지의 귀가 시각은 더 늦다—까지 엄마, 아빠를 못 보는 생활을 받아들였다. 지금까지 그 생활은 이어지고 있다. 섭식 문제도 내 안의 허전함을 다른 것으로 채우면서 어느새 사라졌다.

어른이 된 지금도 나는, 엄마나 아빠가 휴가를 내고 집에 계시는 날이 좋다.

근자감

근거 없는 자신감. 이것이 아니었다면 지금의 나는 없었을 것이다. 너무나 다행이다.

사람들은 좋은 성취에서, 좋은 결과에서 자신감이 발현된다고들 한다. 나는 이 명제의 역도 참이라고 생각한다. 때로는 무모한 자신감이 좋은 결과로 이어지는 법이다. 실로 나는 그러했다.

미국에서 돌아온 초등학교 3학년, 나는 첫 시험에서 평균 70점을 맞았다. 올 백, 즉 전 과목 만점을 받는 친구도 수두룩한 초등학교 3학년 시험에서 말이다. 나는 하위권임이 분명했다. 하지만 당연한 결과였다. 나는 공부를 하지 않았기 때문이다. 정말 그것이 명백한 원인이다. 공부를 하면 높은 점수를 취득할 수 있는 것이다. 안 했기 때문에……. 너무나도 명료한 원인이자 해답 아닌가.

나는 늘 자신감에 차 있었다. 점수가 거의 바닥인데도 그랬다. '이것은 내가 공부를 한다면 언젠가는 뒤집어질 결과이니 연연할 필요가 없다.'라고 여겼다. 참으로 대단한 '근자감'이 아닌가. 어쨌든 어린 나는 늘 당당하고 의기양양했다.

모든 것은 관점의 차이이다. 어떠한 결과는 필히 그것에 상응하는 원인에서 비롯된다. 그러니 결과에 비통해하거나 우울해할 것이 아니라 그저 결과라는 열매가 발아된 씨앗을 찾아내 바꿔 심으면 되는 것이다. 그렇다면 자연스레 열리는 열매도 변화하지 않겠나. 나는 그러한 생각으로, 언제든 달라질 수 있고 해낼 수 있다는 생각으로 늘 자신 있게 살았고 지금도 그렇게 살고 있다. 어린 시절의 나에게 새삼 고맙다.

03

집착과 집념

뜨거운 코트를 가르며

'좋은 집착이란 존재할까?'

여전히 나에게 되묻는 말이다. 아직 답을 찾지 못했다. 과연 집착이라는 감정은 이로운 것일까? 이롭다면 그것은, 집착이 노력의 원동력이 되어 짧은 기간에 비약적 성장을 이룬 사람들을 보고 하는 말이 아닐까.

중학교 1학년, 학교에 친구가 없던 나는 새로운 친구를 사귀어보라는 의미로 어머니가 끊어준 농구 교실에 다녔다. 너무 재미가 없었다. 드리블이 너무 엉성해서 수비를 뚫는 것도 어려웠고, 공을 뺏기기 일쑤였다. 설상가상으로 슛도 들어가질 않았다. '뭐, 나는 친구를 만나러 왔으니까.' 하며 그냥 별생각 없이 겨울방학의 추운 나날을, 공사판 컨테이너 비슷한 박스 안에 만들어진 엉성한 코트에서 보냈다.

그런 날이 계속되고 어느 날부터 슛이 들어가기 시작했다. 내가 더 농구를 잘한다고 이야기할 수 있는 친구들이 몇 생겼다. 그들을 제칠 때의 쾌감이 너무 좋았다. 한 타임만 하고 귀가하던 나는, 그 쾌감을 맛본 날을 기점으로 하루 종일 그 컨테이너 박스 안에서 살았다.

코치님과도 친해졌다. 그와 같이 점심을 먹고, 저녁을 먹었다. 그냥 거기서 살다시피 했다. 농구를 사랑하는 나를 보고 그는 추가 레슨비를 받지 않겠다고 했다. 그렇게 매일 빈 코트에 남아 하루 종일 드리블 연습을 하고 매일 우뚝 선 골대 앞에서 슛을 쏘았다. 추운 겨울방학을 나는 뜨거운 코트 위에서 보냈다.

중학교 2학년 반 배정을 받은 날. 안도의 한숨을 쉬었던 기억이 생생하다. 나를 괴롭힌 친구들과 다행히 갈라졌다. 이제 역전의 기회가 온 것이다. 나의 비굴한 생활을 청산할 기회가!

중학교 2학년이 되고 얼마 되지 않아 우리는 반 대항 농구 대회를 했다. 배가 불뚝 나오고, 얼굴에는 살이 실하게 붙어, 날래기보단 잘 먹게 생긴 아이가 농구를 꽤 하네?! 나의 농구 실력에 친구들은 크게 놀라며 환호해주었다. 그때부터이지 않을까? 친구들이 나를 보는 시선이 조금 바뀐 게.

이렇게 때로 집착은 이로울 수도 있나 보다.

버릇이 없더라도

이십대 중반이 된 지금,
내 곁에 있는 몇 안 되는 친구들은 모두 안 지 십 년이 넘은 사이이다. 친구들과 술자리를 하면 가끔 듣는 말이 있다.

"나는 현준이가 크게 화를 내는 것을 본 적이 없어."

늘 상대와 입장을 바꾸어 생각해야 한다고 배웠다. 내 주장보다는 남의 주장을 따르고, 내 의견보다는 남의 의견을 받아들이는 사람으로 살아왔다. 부당해도 조금 참는 것이 인생의 진리인 줄 알았다. 그런데 친구들에게 그런 말을 들을 때면 다시금 이런 생각이 든다. 지금 나의 성격 중 가장 후회되고 고치고 싶은 점이 그것이라고.

사람은 동물의 부분집합이다. 동물은 약육강식의 세계관을 지닌다. 약해 보이면 그들을 배려해주는 것이 아니라 짓밟고 이용해보려 한다.

중학교 1학년 때, 친구들은 내 웃음소리가 별로라고 했다. 웃는 모습이 살짝 얄미워 보인다고 했다. 보통 사람 같으면 내가 웃는 것에 너희가 보태준 것이 있느냐고, 왜 웃는 것을 가지고 뭐라고 하느냐고 성을 냈을 법도 한데, 나는 미안하다고 그랬다. 내가 웃는 것이 너희의 기분을 상하게 했다면 미안하다고 사과했다. 당시에는 그것이 친절이자 배려라고 생각했다. 돌이켜보면 비굴함에 지나지 않는 것을. 그때부터 나는 괴롭힘을 당했다. 어지간히 만만해 보였나 보다.

내 아이는 가끔 버릇이 없었으면 좋겠다. 너무나도 공손하고 예의가 바른 나머지 타인에게 무시당하느니 차라리 하고 싶은 말을 제때 할 수 있는 배짱을 가진 아이로 키우고 싶다. 예의와 비굴함의 차이를 구별하는 아이로 키우고 싶다.

공부의 신

공부의 신 강성태.

지금은 매우 유명한 분이다. '세계 모든 아이들에게 공부 멘토를 만들어주자.'라는 엄청난 이상향을 향해 전진하는 분이다. 꿈을 이루지 못해도 상관이 없다. 오로지 달려가고 싶은 꿈이 있으면 충분하다. 꿈이 바로 공부를 하는 이유일 테니까.

내가 중학교 2학년이었을 때 그는 지금만큼 유명하지 않았다. 그는 여러 학교를 돌며 동기부여 연설을 하였는데, 내가 다닌 중학교에도 강연하러 온 적이 있다. 강연 중에 지금도 기억나는 내용이 있다. 그는 학창 시절에 따돌림을 당했다고 한다. 심지어 한 아이가 뺨에 침을 뱉은 굴욕적인 사건도 있었다고.

"여러분도 할 수 있어요. 저는 할 수 있는 게 공부밖에 없었어요. 무시를 안 당하기 위해, 그 아이들에게 만만하게 보이지 않기 위해. 왜, 그렇잖아요. 학교에서도 공부 잘하는 아이들은 아무도 건드리지 않거든요. 그 아이는 공부하는 아이이니까. 이게 중요하거든."

나는 정말이지 그날 그 말에 강성태 강사와 공명했다. 어쩜 나와 이런 비슷한 사연을 가진 사람이, 적절한 시기에 내 앞에 등장해 저렇게 연설을 하고 있을까?

"하루에 열여덟 시간 공부하세요. 매일 그렇게 하라는 게 아니야. 딱 한 번만 그렇게 해봐. 그러면 네가 그날만큼은 대한민국에서 제일 열심히 공부한 사람이라는 자신감이 생겨. 너도 될 놈이라는 자부심, 자긍심. 그 믿음이 생긴다고."

열여덟 시간. 여섯 시간 자고 나면 남은 시간을 책상에서 보내라는 말이 아닌가. 계산을 재차 해봐도 맞았다. 농구 하지 말고, 자는 시간, 쉬는 시간 아껴가며 공부를 하라는 소리였다. 나는 강의를 들으며 그렇게 할까 말까 고민하고 있었다.

"오늘 제가 이렇게 말하면, 전교생 천 명 중 아마 한 명만 바뀔 거예요. 나는 그 한 명을 바꾸기 위해 이 자리에 온 겁니다. 나머지 친구들? 아마 이 자리 나가면서 다 잊어버릴 거예요. 그 한 명만 바뀌면 돼요. 그래도 나는 만족해요."

그의 마지막 말로 나는 한번 해보기로 결정을 내렸다. 그러지 않았다면 지금의 내 모습은 많이 달라져 있었을지도 모른다.

중학교 2학년 무렵 형성되는 자기중심적 사고, 즉 세상 모든 것을 나를 중심으로 생각하는 것. 겁 없고 무모한 그런 사고. 다행히도 나의 중2병은 타인에게보다 나 자신에게 작용했다. '한 명만 바뀌면 된다.'

라는 강성태 강사의 마지막 한마디가 내게 동기부여가 되었다.

'내가 그 한 놈이 되면 되잖아.'

나에겐 그날이 학창 시절의 터닝 포인트라고 할 만큼 생생한 기억으로 남아 있다. 그에게 고맙다.

나도

나는 중학교 시절 꽤 통통했다. 그런데 왜일까, 엉덩이만은 매우 가벼웠나 보다. 열여덟 시간이 뭔가? 나는 고작 세 시간도 한 자리에 가만히 앉아 있지 못했다. 좀이 쑤셨다. 강성태 멘토는 도대체 어떠한 정신력으로, 얼마나 숭고한 가치를 좇았기에 열여덟 시간을 앉아 있었을까.

농구에 미쳐 있던 나는 코트 대신 도서관에 갔다. 내 방 책상 옆에 조용히, 마치 나를 유혹하는 듯한 침대 매트리스 때문에 집중이 오래 가지 않았기 때문이다.

"한 시간만 있다가 와."

의욕 넘치게 도서관에 간다고 나서는 내게 부모님이 한 첫마디였다. 열여덟 시간 공부할 생각인데, 왜 한 시간만 있다가 오라고 하는 것일까? 의아해하며 묻자 부모님은, 내가 너무 오래 도서관에 있으면 정신이 해이해져 오히려 딴짓을 할까 우려된다고 했다. 하긴 그때까지 내 행동을 돌아보니 전혀 부당한 선입견은 아니었다.

나는 터벅터벅 도립 도서관에 가 허름한 필통을 꺼내 공부를 시작했다. 점점 집중을 해나갔다. 신기했다. 어설프게 필기한 국어 선생님의 설명을 보며 지문을 해석했다.

'생각보다 선생님은 수업 시간 동안 많은 말씀을 하셨구나.'

칠판 앞에서 학생들을 혼내고, 몇 가지 재미있는 과거 일화를 공유한 뒤에 적절히 시간을 때우다 나가는 줄로만 알았다. 그런데 이제 보니, 내가 그 부분에만 집중을 한 것이었다. 국어 선생님은 매우 심오하고 흥미롭고 다채로운 관점을 전달하고자 전전긍긍하고 있었다.

한 시간이 넘었다. 국어 공부에 몰입한 나머지 집에 가는 것을 깜빡 잊었다. 아버지는 아들이 다른 길로 샜을까 싶어 도서관에 찾아오셨다. 그런데 이럴 수가, 아들이 조용히 신문을 스크랩하는 한 노인 옆에서 차분히 국어 교과서를 읽고 있지 않은가?

그때부터 나는 한 시간 이상 열람실에 앉아 있을 수 있는 자격(?)을 부여받았다. 부모님은 이후로는, 내가 제대로 하고 있나 확인하지 않았다. 잘하고 있으려니 믿었다. 어쩐지 뿌듯했다.

이제 두 시간, 세 시간…… 조금씩 시간을 늘려가며 앉아 있어 보기로 했다.

함께라면

아무리 도서관에 가도 내 스톱워치에 열 시간 이상이 찍히는 날은 드물었다. 열여덟 시간이라는 목표에 겨우 절반을 조금 넘었다. 무언가 더 큰 동기부여가 필요했다.

문득 경쟁자이자 함께 공부를 하는 친구가 있다면 열여덟 시간을 앉아 있는 것이 덜 괴로울지도 모른다는 생각이 뇌리를 스쳤다. 그런데 도대체 어떤 친구에게 '열여덟 시간을 함께 공부하자.'라고 한단 말인가? 누구에게 연락해야 할까.

중학교 2학년까지만 해도 공부를 잘하는 아이들이

학급 임원을 하던 때다. 부반장은 네모난 직사각형 모양의 얇은 안경을 쓰고, 얼굴은 태양빛을 잘 못 보았는지 매우 하얬다. 얼굴은 살짝 예민한지 날이 서 보였고, 키는 조금 작았다.

그때까지도 나는 누구를 좋아해본 적이 없다. 있다고 해도 단순한 호감 정도였지 막 설레어본 적이 없을 것이다. 종례를 알리던 학급 벨이 울리던 어느 여름 날, 나는 농구공을 들고 서둘러 집에 갈 채비를 하고 있었다. 달려 나가려는데 뒤에서 누가 내 등을 툭툭 치는 것이 아니겠는가.

"의자 좀 올리고 가줄래?"

시니컬하고 냉랭하기 짝이 없는 말투로 울상을 한 부반장이 나를 째려보았다. 얼른 미안하다 사과하고 의자를 올린 후 집에 갔다.

이상했다. 그날 이유로 그 장면이 자꾸 떠오르며 그 아이의 얼굴이 생각났다. 연필을 깎을 때도, 무언가를 먹을 때도 생각났다. 난생처음 느꼈던 감정.

누구를 좋아해본 적이 없다 보니 당연히 표현도 서툴렀다. 그날부터 그 아이의 관심을 사고 싶어서 조금씩 놀렸다. 그런데 웬걸. 나를 자꾸 피해 다녔다. 부작용이었다. 그 아이는 나를 싫어하게 되었다.

열여덟 시간을 같이 공부하자고 연락할 만한 친구라면 한 친구밖에 없었다. 부반장. 그 녀석이라면. 공부를 잘하는 그녀라면 공부는 같이 해주지 않을까? 나는 그녀의 핸드폰 번호를 입력한 뒤에 통화 버튼을 터치했다.

"여보세요."

전화기 너머로 그녀의 목소리를 들으니까 매우 어색했다. 그래도 좋았다. 그녀는 내가 왜 전화를 했는지 도무지 갈피를 못 잡았는지 먼저 물어보았다.

"무슨 일이야?"

"음……. 우리 그때 강성태 강연 들었잖아. 혹시 같이 타이머 켜놓고 열여덟 시간 공부해보지 않을래?"

너무 떨렸다. 당연히 거절할 줄 알았다. 내가 그녀를 짓궂게 놀렸기 때문에 나를 싫어할 것 같았다.

"좋아. 그런데 나 밤 아홉 시에는 드라마 봐야 하니까 새벽 세 시부터 밤 아홉 시까지 하자."

너무 흔쾌한 수락에 놀랐고, 아무렇지 않게 새벽 세 시에 일어나서 공부를 하겠다는 그녀의 말에 더 놀랐다. 그 작은 체구에 뿜어져 나온 열정에 놀란 것이다. 세상에는 열정적으로 공부하는 사람이 많구나.

새벽 세 시에 내가 일어나지 못할 수 있으니 모닝콜을 해주겠다고 했다. 나는 다음 날 새벽 세 시에 그녀의 목소리를 듣고 잠에서 깨었다. 어찌나 신기하던지. 그녀의 전화 한 통에 새벽잠이 싹 달아났다.

그렇게 우리는 도서관으로 향했고 서로를 몇 시간마다 감시하며 꾸역꾸역 공부를 해나갔다. 여섯 시간째, 일곱 시간째, 열 시간째…… 열여덟 시간이 지나 밤 아홉 시가 되었다. 그날 하루만큼은 내가 대한민국에서 공부를 제일 열심히 했을 거다.

과정이 정직하면 결과는 필연적이야

매일 열여덟 시간을 공부했다.

이렇게 말한다면 그건 당연히 거짓일 것이다. 나는 순진하고 평범한 정신력의 소유자였다. 지금도 그렇고 그때도 그랬기에 매일 열여덟 시간을 공부하는 게 가능할 리 없었다.

하지만 공부를 세 시간, 네 시간 하는 것은 마치 아침에 일어나 장을 보러 가는 것처럼 쉬운 일이 되었다. 마음만 먹으면 부담 없이 할 수 있는 일로 변해 있었다. 그저 열여덟 시간의 삼분의 일, 사분의 일에 불과해 보여서 전혀 어렵게 여겨지지 않았다.

열여덟 시간을 돌파한 이후부터 나는 무언가 마음 속에서 떳떳함 또는 당당함이 조금씩 자라남을 느꼈다. "오늘은 공부 열심히 하고 왔니?"라는 다소 클리셰한 부모님의 물음에도 "네."라고 어떠한 꾸밈도 없이 대답할 수 있는 상태에 이르렀다.

지금 돌아보면, 중학교 2학년 때의 나는 정신적으로 충만하고 눈에는 총기가 가득하며, 친구들과의 교우관계도 원만해서 모든 것이 안정적이었다.

그렇게 두 달, 석 달이 흘렀다.

중학교 2학년 2학기 중간고사를 보았다. 그때의 감정이 생생하다. 시험 결과를 기대했던 첫 시험이었다. 채점을 하는 데 더 이상 비가 내리지 않았고 빨간 동그라미들이 가득했다. 나는 반에서 2등을 했다.

가장 효과적인 공부 방법

공부에 점점 집착하던 중학교 3학년 말, 문득 이런 생각이 들었다.

'이미 공부량은 충분하다 못해 과한 시점에서, 더 완벽한 공부를 하려면 공부의 효율을 높여야 하는데, 어떠한 방법이 좋을까?'

오감을 자극할수록 인간의 뇌에 더 오래 정보가 각인된다는 사실을 어디서 주워들었던 나는, 그때부터 무턱대고 가르치기 시작했다. 내가 배운 것들을 남에게 가르침으로써 머릿속에 정리됨은 물론이고, 논리정연하게 배운 것을 말로 뱉으며 청각이 자극되고, 칠판에 필기함으로써 촉각과 시각이 자극될 테니까. 그러한 다각적인 자극이 가능한 '타인 가르치기'가 완벽한 배움을 이루는 방법이라고 판단했다.

그런데 이런 아마추어 선생에게 수업을 들으려는 학우가 있을 리 있나. 그래서 처음에는 방에서 사자를 가르쳤다. 진짜 사자는 아니고, 어머니가 사준 사자 인형을 침대에 앉혀놓고 화이트보드에 판서를 하며 큰 소리로 그날 배운 것을 가르쳤다. 말을 하면 할수록 점점 차분하고 논리적이 되어가는 스스로를 느낄 수 있었다.

훌륭한 강사는 어떤 사람을 일컫는 말일까. 나는 '같은 시간을 공부했을 때 교재보다 더 깊은 이해와 명쾌한 해설을 가능케 하는 조력자'라고 생각한다. 한 시간 교과서를 보는 것이 더 효과적이라면 강의를 따로 들을 필요가 없지 않은가.

같이 늘 동네 도서관에 가는 크루가 있었다. 그 친구들과 옥상에서 쉬는 동안, 우연찮게 사회 과목을 가르쳐주었던 적이 있다. 사자 인형을 가르친 것이 빛을 본 것인지, 그때부터 친구들이 먼저 내 강의를 듣고 싶다고 요청해왔다. 처음에는 친구들 앞에서 강의를 하면서도 내 시간을 희생하여 타인의 시험 점수를 올려주는 것 같아서 그다지 내키지 않았다. 그러다 곧 가르치는 행위야말로 단기 저장된 정보를 다시 한번 복습해 내 머릿속에 영구히 저장시키는 방법임을 깨달았다. 그때부터 나는 친구들에게 장난스레 '선생님'이라고 종종 불렸다.

그러면서 강사라는 직업에 대한 편견이 깨지며 희미하게 동경을 품게 되었다. 그리고 남들 앞에 나서는 걸 덜 두려워하게 되었다.

중학교 1학년 때 무너졌던 나의 자존감과 자신감이 조금씩 회복되었다. 농구로, 공부로, 가르치는 행위로 성취감을 느끼면서…….

균형의 추

요즈음 내가 즐겨 보는 유튜브 채널이 하나 있다. 헬스 및 피트니스 채널인데, 굉장히 수다스러운 한 보디빌더가 본인의 몸을 어떻게 가꾸어야 하는지 비판적으로 조언해주는 영상들이 올라온다. 그가 삶을 대하는 방식, 즉 '목표를 이루고자 할 때에 필요한 자세와 정신 그리고 마음가짐'을 배우고자 자주 시청한다.

과거의 나에게 이 채널을 꼭 소개해주고 싶다. 그렇다면 여러 가지 내 인생의 굴곡들을 조금은 더 완만하게 넘어갈 수 있지 않았을까?

"If you have your dream, it's good to be HALF there!"

그가 늘 하는 말이다. 너의 꿈, 목표, 이상향이 있다면, 그것의 절반만 간다고 생각해라! 그것만 해도 충분하니까. 이상향은 말 그대로 '이상향'일 뿐이다. 마치 천국 같은 느낌이랄까. 모든 것이 평화롭고 완벽하여 그 어떤 하나의 균열이나 섭동이 없는 말 그대로의 완벽함. 이것은 현실에서 추구할 수 없는 것이다. 그러니 그것의 절반에만 도달하더라도 꽤나 성공적인 것이고 나의 머리를 쓰담쓰담 해줄 수 있을 만한 가치 있는 것이다.

하지만 문제는 그 이상향에 백 퍼센트 도달하려고 한다는 것이다. 이러한 비현실적 마음가짐은 얼마 지나지 않아 완벽주의로 변모하여 결국 본인만 힘들어지고 삶의 질이 오히려 저하된다.

나 역시 너무나 큰 이상향을 추구했나 보다. 시험에서 백 점을 받는 것이 아니라, 교과서의 '모든 것'을 숙지하려 애썼다. 처음에는 이러한 태도가 나를 훌륭히 채찍질해주는 성실이었다. 모든 것을 알기 위해

꼼꼼히 교재를 보고, 또 보았다. 나중에는 교재 몇 페이지에 어떠한 내용이 적혀 있고 내가 그 옆에 어떤 필기를 해놓았는지가 머릿속에 그림 그리듯 선히 펼쳐졌다. 여기서 멈췄어야 했는데…….

불안해지기 시작했다. 교재의 첫 페이지부터 마지막 페이지까지 내가 모르는 것이 하나라도 있으면 불안했다. 그래서 늘 주술을 외듯이, 밥을 먹을 때, 농구를 할 때, 화장실을 갈 때 그날까지 배운 교재 내용을 주절주절 암송했다. 그때라도 그만두었어야 했는데…….

나의 정신이 어떤 굉장히 큰 말뚝 같은 것에 매여 있는 기분이었다. 어떤 생각에 사로잡힌 노예가 된 기분이었다. 그리 느끼면서도 나는 애써 부정했다. 모든 공부를 잘하는 사람들은 그렇게 공부를 한다고 생각했다.

제발 멈췄어야 했다.

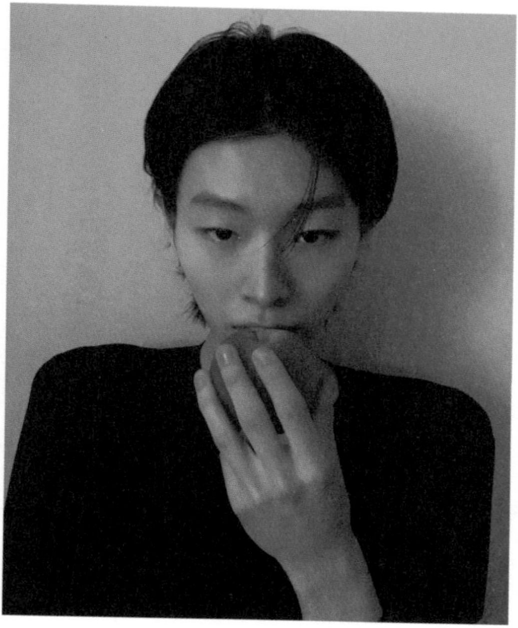

멀티태스킹

태생적으로 하나에 빠지면 다른 것은 시야에 안 들어오는 성격이다. 누가 불러도 대답도 잘 안 하고, 누구에게 무슨 말을 들어도 하루가 멀다 하고 까먹어버린다. 내가 관심을 둔 그곳에만 내 모든 에너지를 들이붓고 그 밖의 것은 기억도 못 했고 들리지도 않았다.

이런 내 성격에 나름 자부심을 품고 살아왔다. 그런데 대학에 오고 나서야 비로소 깨달았다. 사람은 두루두루 주변을 살피며 살아가야 한다는 것을, 그러지 않았을 때에 내가 잃게 되는 소중한 것이 너무 많다는 것을.

나의 고등학교 생활은 단조로웠고, 가학적이었으며, 그 누구에게도 딱히 추천하고 싶지 않은 경험으로 가득했다. 고등학생 때 나는 스탠드 밝힌 책상에 앉아 있던 것밖에 기억나지 않는다. 기억하기를, 그 당시 내 시야에는 수많은 노트와 인쇄물밖에 없다. 친구와 맛있는 것을 먹으며 웃거나 장난치며 노는 기억도, 부모님과 왁자지껄하게 떠든 기억도 없다. 그런 적이 있었다 하더라도 희미하게 기억날 만큼 드물었다.

친구를 사귀고 싶어서, 나만의 무기를 만들고 싶어서 시작한 공부였으나 어느새 그것에 잠식되어버렸다. 그래서 나의 고교 생활은 다소 침울했다. 오로지 단 하나 확실히 말할 수 있는 것은, 돌아가도 그때만큼 공부를 열심히 할 자신이 없다는 것이다.

나는 말 그대로 미쳐 있었다. 아침 여섯 시에 기상하여 새벽 두 시까지 밥 먹는 시간을 아껴가며 교재를 보고 또 보았다. 집, 학교, 도서실, 카페, 다시 집. 이러한 틀에 박힌 일상을 3년간 지속하며 내 삶을 즐기거나 할

여유는 전혀 없이 누군가에게 쫓기듯 보냈다.

당연히 압도적인 성적을 냈지만 나는 성적을 위한 공부를 하는 것이 아니었다. 마치 지금껏 남들보다 열심히 공부를 하지 않았던 나의 과거를 벌하고자 하는 마음으로 공부했다. 자기혐오와 승부욕에 가득 찬 하나의 괴물 그 이상도 이하도 아니었다. 고등학교 때 친구들의 이름도 잘 기억이 나지 않는다. 학부모들 사이에서도 나는 종종 좋은 가십거리였다고 한다. 그냥 말 그대로 '공부에 미친 학생' 정도로.

늘 예민함과 우울함에 찌들어 있었다. 선생님의 설명이 조금이라도 불충분하면 꼭 손을 들어 그것을 정정해야만 직성이 풀렸고, 도서관에서 나보다 더 많이 문제를 풀고 있는 듯한 학생을 보면 그 학생을 이겨야겠다는 승부욕보다는 그보다 못한 나 자신에 대한 환멸감에 몸서리쳤다. 내 고등학교 생활은 예민함, 우울함, 환멸감의 반복이었다. 나는 나를 벌하면서 지냈다.

나는 왜 그렇게까지 나 자신에 만족하지 못했을까? 나는 스스로를 '벌을 받아야 하는 존재'라고 인식했다. 자존감이 매우 낮았던 탓일 테다. 절대로 나의 성과에 만족하지 못했다. 아무리 시험을 상당한 격차를 두고 잘 보아도, 시험 문제가 너무 쉽게 출제되었다고 생각했다.

F.스콧 핏츠제럴드의 명작 『위대한 개츠비』를 분석하라는 과제를 받았던 적이 있다. 보통의 학생이라면 문장을 간단히 해석하며 끝낼 수도 있을 일인데, 나는 내가 개츠비에 빙의되어야 할 정도는 되어야 한다고 생각했다.

인터넷을 미친 듯이 뒤져 같은 문장 하나하나에 대한 다른 해석들을 확인하고 거기에 나만의 해석을 덧붙인 뒤에, 개츠비가 들었을 법한 의미심장한 음악을 틀어놓고 인간 개츠비가 되어보고자 했다.

물론 점수는 잘 받았지만 한동안 개츠비의 그림자에서 벗어나지 못해 힘겨웠다. 일상생활이 여러모로 개츠비의 내용들과 겹쳐 보일 정도였다. 이 정도로 수행평가를 준비했던 정신 나간 학생이 바로 나였다.

비정상적인 고등학교 생활을 보냈다. 친구들은 나를 대단하다고 여기면서도 무서워했고 다가오기 어려워했다. 결국 나는 다시 고립되었다. 나는 외로이 나만의 싸움을 했다. 친구들에게 직접적으로 피해를 끼친 적은 없으나 다시 그때로 돌아간다면 조금 더 상냥한 학우가 되어주고 싶다.

04

노력의
가치

돌아갈 수 없어
더 찬란한 그 시절

중학교 3학년은 나에게 매우 인상적인 해로 남아 있다. 공부를 열심히 하느라 정신은 없었어도 그때까지는 균형을 어느 정도 잘 잡고 있었다.

농구를 하며 자연스레 마음이 맞는 친구 둘이 생겼고, 매사 성실한 나를 좋게 봐준 선생님 덕에 학교에서도 인정받으면서 지냈다. 학기 후반에는 농구를 하며 급격한 성장기가 찾아와 키도 많이 커서 외적으로도 나름 만족하면서 학교를 다녔다.

처음으로 반장이라는 것이 되었다. 친구들이 나를 뽑

아주었다는 것이 너무 신기했다. 중학교 1학년까지만 해도 저 중간 어디 구석 자리에서 조용히 학교가 끝나기만을 손꼽아 기다리던 한 통통한 아이가 2년 만에 참 많이도 변했다 싶어 감회가 새로웠다.

한번은 왜 그럴까 생각을 해보았는데, 그저 내가 인생을 조금 더 성실히 살았다라는 것 말고는 다른 이유가 없었다. 그래서인지 점점 이 '성실함'이라는 것에 집착한 것 같다.

중학교 3학년을 마치며 반 친구들끼리 졸업 UCC를 찍었다. 내가 다니던 고등학교의 오랜 전통으로, 각 반마다 웃기고 재미있는 동영상을 찍어 졸업식 날 함께 감상하면서 중학교 졸업과 고등학교 입학을 다 같이 축하했다. 중학교 친구들은 감사하게도, 그 UCC의 주연으로 나를 선택해주었다. 다소 서툰 연기지만 재미있게 UCC를 만들었고 지금도 소중히 간직하고 있다.

중학교 3학년의 나는 정신적으로 충만했다. 모든 것이 척척 들어맞아 한 폭의 그림으로 보였던 그때와 같은 삶이 다시 한번 내 눈앞에 펼쳐질까? 아직도 간절히 바라고 있다.

열심히 살았을 뿐인데

얼마 전 중학교 친구 두 명과 함께 강릉 바닷가에 다녀왔다. 둘 중 한명인 동환과 기차에서 나눈 이야기가 기억에 남는다.

학창시절 동환이는 매우 활동적이고 기운이 센 아이였다. 자신의 뜻을 굽히지 않는 강단이 있고, 운동도 잘하고 외모도 준수해서 인기가 꽤 있었다. 그래서인지 나는 그와 절대 친해지리라 생각을 못 했다. 나는 성격이 정반대였으니까. 화를 내지도 못하고, 나의 뜻이 있기는 하지만 대체로 남의 뜻을 따랐다. 뭔가 동환이에 비해서는 남자답지 못한 구석이 많았던 내가 어떻게 그와 친해지겠는가. 그리 생각했다.

그런데 지금은 기차 여행도 함께하는 절친한 사이가 되었다니 새삼 신기하다. 더 신기한 점은 동환이가 많이 유해졌다는 것이다. 그렇게 기운이 셌던 아이가 지금은 내 얘기를 귀 기울여 들어주고 조언해주는 성숙한 사람이 되어 있다니.

"야, 근데 너는 어쩌다 나랑 놀 생각을 했냐? 신기하다."

너무 궁금해서 내가 대놓고 물었다. 동환이는 단 한 치의 망설임도 없이 "내가 그때 너는 정말 진국이라고 느꼈어."라며 말문을 열었다.

동환이는 나처럼 순수한 열정으로 모든 것에 열심인 아이를 처음 보았다고 했다. 농구를 할 때는 농구에 미쳐 있고, 천진난만하게 그에게 다가와 "농구 할래?"라고 묻는 게 너무 순수해 보였다고 한다. 공부를 할 때는 또 다 접어두고 무섭게 몰두하며 공부 얘기만 하는 모습에, '이 친구는 진짜다.'라고 느꼈다고 했다. 그런 나를 보며 동환이도 스스로 많이 바뀌려고 했다고. 이 이야기를 십 년이 지나서야 들었다.

동환이가 그리 말해주어서 너무나 고마웠다. 그저 열심히 했는데 그게 다른 사람에게 좋은 영향을 주었다는 것에 가슴이 벅찼다. 성실함이 공익적일 수 있구나.

소소하지만 확실한 행복

중학교 3학년 때, 겨울 빼고는 늘 자전거를 탔다. 자전거 마니아였던 한 친구와 함께, 집 앞 양재천 길을 따라 저 멀리 탄천까지, 저 멀리 마포대교까지 질주한 적도 있다. 숨이 턱 막힐 것 같은 그 순간 목적지에 도착하여 마시는 시원한 탄산음료 한 잔. 그 맛이 어찌나 달았던지 모른다. 가끔 라이딩이 길었던 날에는 친구 집이나 우리 집에 가서 치킨 두 마리를 시켜 한 마리씩 먹기도 했다. 이따금 친구가 지쳤을 때엔 혼자 씩씩하게 자전거를 챙겨 라이트를 켜고 달리기도 했다. 정말 보잘것없이 소소한 일상이지만 그립다. 작은 행복들로 가득했던 나의 중학교 마지막 시절이 그립다.

작은 행복은 지속적인 영위가 가능하다. 작은 행복이라서 오히려 쉽게 달성할 수 있다고 여기고 오래 지속할 수 있는 것 같다. 가령 로또에 당첨되는 큰 행복은 쉽게 자주 느낄 수 없다. 일생에 한 번 느끼지 못할 수도 있다. 하지만 작지만 확실한 행복, 즉 소확행은 일상에서 꾸준하게 느낄 수 있다.

여러 소확행이 모여 나를 더욱 꽉 찬 맑은 정신의 소유자로 만들어주는 것이 아닐까? 나의 소확행이라면 어머니, 아버지와의 작은 집밥 한 끼일 수도 있고, 아버지와 저녁 열한 시쯤 소파에 앉아 함께 보는 영화일 수도 있다. 뭐, 영화가 중요한 것은 아니니 아카데미상을 받은 작품이든 우스꽝스러운 비급 영화이든 상관없다.

이러한 작은 행복은 큰 시간을 들일 필요도 없고, 부담감을 느끼지 않아도 된다. 학창시절의 내게 누군가 큰 소리로 소확행에 대해 알려주었다면 좋았을 텐데…….

애매한 행동, 애매한 결과

"현준이도 우리 놀 때 같이 맨날 놀았는데 우리만 왜 성적이 이러냐. 진짜 공부머리 타고난 애들이 있어."

중학교 3학년 때 친구들에게 하루가 멀다 하고 들었던 말이다. 그런데 곰곰이 생각해보면 굉장히 재미있는 말이다. 당연히 놀 때는 함께 노는 것 아닌가? 그중 한 명은 놀지 않고 공부를 하며 그 무리에만 끼어 있는 '열외 대상'이 될 수 없다. 열 명이 함께 논다면 그 열 명 모두 다 놀며 시간을 보낸 것이다. 즉, 성적의 높고 낮음을 논하려면 그 열 명이 놀고 흩어진 뒤에, 제각기 얼마나 공부에 시간 투자를 하였는지 면밀히 살펴보아야 할 것이다.

하루는 생각보다 길다. 24시간 중 세 시간을 함께 놀았다고 해서 공부할 시간을 전부 빼겼다고 생각하면 오산이다. 21시간이 남아 있고, 그 시간을 어떻게 학업에 쏟았는지 살펴보아야 한다. 한마디로 학창시절 어울려 노는 것은 한 사람의 단면일 뿐이다. 모든 것은 그 이면에서 그 사람이 어떻게 행동하는지에 따라 결정된다.

"저 사람은 머리가 좋아서 그렇다."

누구나 한번쯤은 내뱉어보았을 말이 아닐까. 뛰어난 누군가를 목격했을 때 말이다. 그런데 조심스레 이런 의문을 가져본다. 그들은 정말 비교 불가능할 정도로 두뇌가 비상했을까?

분명 그들은 뒤에서 더 노력하고 있었을 테지. 휴식과 공부의 경계가 타인의 시선 밖에서 매우 뚜렷했을 뿐.

남들은 생각보다 나에게 관심이 없다

고등학교 입학을 앞둔 중학교 3학년생이 그들의 선배, 부모, 이웃 심지어 전혀 모르는 타인에게 듣는 말이 무엇이 있을까 하면, 이상하리만큼 뻔하지 않은가?

뭐 이를테면, "중학교 삼 학년 겨울방학이 제일 황금처럼 중요한 방학이야."라든지, "지금이 좋을 때다. 고등학교 가봐라."라든지 또는 "고등학교 3년이 너의 인생 나머지를 좌지우지한다."와 같은 말이리라.

고전적이기 그지없는 말들을 계속 접하면서 스스로도 모르게 그것에 순응하고 세뇌되어버린다. 적어도 우리 중 상당수 일부는 그렇다고 생각한다. 나도 그중 하나였다.

중학교 삼 학년 때에도 충분히 열심히 하고 있음을 스스로 알면서도, 주변에서 접하는 그런 말들은 스스로를 저평가하게 하는 트리거가 되었다. 이미 열심히 하는 사람이었으니 그저 계속 열심히만 했으면 되는 것을……. 나는 아무것도 아닌 먼지 정도이고 고등학교 공부는 엄청나게 다른 차원의 공부이며, 그것을 정복하기 위해서는 비상식적일 정도로 많은 양의 시간을 쏟아부어야 한다고, 대단히 큰 착각을 하게 되었다.

지금 와서 생각해보면 그들은 타인일 뿐이다. 그들의 잣대를 내게 적용할 게 아니었다. 그러니까 '공부를 열심히 하는 정도'도 그저 그들의 기준에서 나온 주관적 평가일 뿐이다. 어쩌면 그들 자신의 자존감을 재확인하는 하나의 수단으로 지나치게 과장하여 표현한 것일 수도 있다. 마치 '나는 이렇게 대단한 것을 거친 사람이지만 너는 그렇지 못할 수도 있어.'라는 뉘앙스를 풍기며 대화의 우위를 점령하려는 것처럼 말이다.

하지만 당시 나는 그들의 말을 무조건적으로 믿었다. 동네 한 인문계 고등학교에 평범하게 입학했다. 중학교 1학년, 2학년까지 성적표에 C와 D가 남발했던 나로서는 특목고를 안중에 둘 수 없었다. 그때부터 고등학생 때의 기억은 책상에 앉아 공부를 했던 것 외에는 없다.

늘 수업시간이 끝나고 나면 궁금한 것이 있지 않더라도 습관처럼 선생님의 책상에 달려가 세세한 질문을 하고, 다른 아이들이 하는 날카로운 질문에서 내가 무언가 얻을 게 하나라도 있을까 귀를 쫑긋 세우기도 했다. 늘 아침 여섯 시에 기상하여 아침도 먹지 않고 학교 자습실로 향했고 거기에 늘 제일 먼저 도착하여 수학 문제를 풀었다. 점심시간에도 밥을 먹지 않았다. 마치 밥을 먹는 시간 동안 공부에 전념하지 않는 것이, 나에게 겁을 주거나 충고를 했던 수많은 어른의 기대에 미치지 못하는 것으로 느껴졌기 때문이다. 그렇게, 나는 점점 야위어 갔다.

중간고사에서 반 일 등을 했다. 이렇게만 기말고사

도 치른다면 나는 여러 과목에서 일 등급을 받을 수 있을 것이라고 많은 선생님이 말했다. 나는 그때부터 더욱 스스로를 여러 방면에서 옥죄었다. 그렇게 나는 점차 공부밖에 모르는 사람으로 변해 갔다.

그나마 감사한 것은 반 친구들이 그런 나를 편견어린 시선으로 보지 않고 그저 대단한 아이로 인식해 주었다는 것이다. 그들 눈에는 모든 것을 포기하고 하나에만 올인하는 듯해 멋져 보였다나, 뭐라나. 전혀 멋진 것이 아닌데 말이다.

점점 말라서 뼈만 남은 기분이 들었다. 늘 추웠고, 몸에 힘도 들어가지 않았다. 성적표와 나의 영혼을 맞바꾼 기분마저 들었다. 그렇게 공부의 노예처럼 살았다. 1학기 기말고사도 잘 보아야 했으니까.

그런 치열한 생활도 잠시, 나의 모든 것을 놓게 될 정도로 큰 충격이 찾아왔다. 아버지가 베트남으로 발령을 받은 것이었다. 그렇게 된다면 나는 다시 그곳에서 고등학교를 처음부터 다녀야 한다. 지금껏 나의 영혼을 갈아 넣은 고등학교 1학년의 반년이 무산되는 것이다.

억장이 무너지는 것만 같았다. 내가 지금껏 해온

것이 전부 한 줌 재처럼 되어버린다니, 믿기지가 않았다. 부모님은 "미래의 나에게는 언젠가는 분명히 도움이 될 공부였다."라며 나를 위로했지만 아무리 그래도 나의 모든 것을 잃으며 일구어낸 결과가 한순간에 삭제되어버리는 것만 같아 정신적으로도 상당히 힘들었다.

나는 그때부터 공부를 놓았다. 유일하게 좋아하는 과목이었던 수학만을 열심히 했다. 나머지 과목은 더 이상 열심히 할 의지가 생기지 않았다. 마치 활활 타던 모닥불이 한순간 훅 분 바람에 꺼져버린 느낌이었다. 남은 건 없었다. 나는 베트남으로 떠나기 전 마지막까지 수학 문제를 간간히 풀며 나의 비루한 몸뚱이를 달랬다.

베트남에서의 기억

베트남에 가면 공부가 좀 더 수월해질 것이라고 생각했다. 대단한 착각이었다. 한국의 입시와는 전혀 다른 커리큘럼에 적응하는 게 참으로 곤욕이었다.

베트남에서 내가 다닌 국제 학교는 영국의 국제 바칼로레아 시스템을 따랐는데, 학생의 비판적 사고를 어찌나도 강조하는지 수학 문제도 그냥 풀리지 않았다. 그 문제의 배경이나 다양한 풀이 방식, 그 풀이가 얼마나 엄밀한지 등을 에세이처럼 써서 제출하라고 했다. 엎친 데 덮친 격으로 영어를 많이 잊어버려서 영어로 에세이를 쓰면서 수학 문제를 풀어 제출하는 것은 생지옥이 따로 없었다.

다른 과목들은 더더욱 심각했다. 특히 영어 문학 과목은 영어 문학을 분석하다 보니 모국어를 심도 있게 구사하는 영어권 아이들을 누르고 내가 상위권을 점령하는 것이 불가능해 보였다. 실제로 베트남 학교에서 처음 본 성적이 너무나도 저조한 나머지, 내 능력에 대한 회의감에 휩싸였다.

경제 과목도 월 스트리트 저널이나 이코노미스트처럼 복잡하기 짝이 없는 글들을 읽고 그동안 배운 내용을 바탕으로 비판적 에세이를 쓰고 해결 방안을 제시하라고 했다. 그 선생님은 점수도 너무 야박하게 주었다.

이러한 상황은 나를 더욱 짓눌렀고 한국에서 상위권 성적을 받던 과거의 나와 자꾸 비교되게 만들었다. 아마 그때부터 정신이 반쯤 나간 상태로 공부를 했던 것 같다.

수학 과목은 어설픈 나의 글쓰기 실력으로 조금 더 멋진 에세이와 풀이를 작성하기 위해 실제 대학 논문들을 찾아보며 어떤 어투로, 어떤 논리적 스텝으로 생각을 전개하는지 참고했다. 영어 문학 과목은 거의 문학서 전체를 외워버렸고, 그 문학서에 대한 비평문들을 깡그리 찾아보았다. 경제 과목도 교과서를 통으로 먹어버렸다고 표현해도 과언이 아닐 정도로 모든 개념, 해석, 비판적인 관점을 머리에 다 집어넣어버렸다.

나는 3년 동안 그곳에서, 마치 어느 부족의 전사처럼 고독하게 싸움을 하며 살았다. 성적이 떨어질까 봐 잠을 자지 못하는 모습은 마치 누군가의 습격에 대비하여 편히 눈을 붙이지 못하는 전장에 나간 전사와 비슷했다.

친구들도 나에게 쉽사리 다가오지 못했다. '공부하는 애'로 낙인이 찍혀서인지 공부 내용을 물으러 오는 것 말고는 딱히 내게 말을 걸지 않았다.

그렇게 3년이 흘렀다. 당연히 나는 공부에 득도해 있었다. 모든 것이 쉬웠고 모든 문제를 보면 풀이가 대강 떠올랐으며 시험에 어떤 문제가 출제될지에 대한 예측도 가능해졌다. 나는 이과 일등으로 졸업을 했다.

하지만 그것에 따른 희생이 없었을까? 나는 베트

남에 오고 나서 살이 20킬로그램 넘게 빠져 피골이 상접해 있었다. 정신은 곪을 대로 곪아 정상적인 사고를 하지 못하는 괴짜처럼 변해 있었다. 정말 이만큼 희생할 가치가 있는 일이었는가 누군가 묻는다면 지금 나의 내답은 '노'이다. 내가 그렇게까지 갈아 넣은 나의 3년이건만 지금 나는 베트남의 기억이 없다. 참 모순적이게도.

안녕, 옥스퍼드 그리고……

대학 입시 시즌이 다가왔다. 나의 첫 목표는 명료했다. 영국의 옥스퍼드 대학교 수학과에 들어가 연구자로서 성장하고 싶었다. 옥스퍼드는 입시가 1차 서류, 2차 수학 논술 시험 그리고 3차 면접으로 나뉜다. 서류는 합격하여 나는 수학 논술 시험을 준비했다.

시험 당일, 빨간색으로 'Secret'이라고 밀봉된 봉투에 입학 논술 시험 문제가 담겨 왔다. 문제들이 창의적이고 너무 재미있었다. 문제를 풀면서 새로운 것을 배우는 느낌이었다.

'아, 참 좋은 문제란 풀면서 여러 가지를 새롭게 깨닫게 하는 것이구나.'

나는 감탄하며 재미있게 문제를 풀었다. 시험지를 제출하고 당시 감독관님은 열심히 문제를 풀어 나가는 내가 인상적이었는지, "너는 마치 수학 마술사 같았다."라고 칭찬해주며 신기해했다.

꼭 붙고 싶었다. 꼭 시험에 붙어 옥스퍼드에 직접 방문하여 이렇게 멋진 문제를 출제한 교수님들을 만나고 싶었다. 그들은 어떤 사람일까? 무엇이 그들을 이렇게까지 수학에 매료되게 하였을까? 여러 질문이 머릿속에 떠올랐고 동시에 기대감에 부풀었다.

결과는 합격이었다. 그때부터 어머니와 나는 영국으로 갈 채비를 했다. 급히 짐을 챙겨 런던으로 날아갔다. 거기서 기차를 타고 옥스퍼드로 향했다. 마치 해리 포터에 나올 법한 흑갈색 벽돌담들이 줄지어 있고, 당장이라도 마차가 지나갈 것 같은 고풍스러운 길에, 양측으로 여러 아기자기한 상점들이 들어서 있는 몽환적인 곳이었다. 길거리에서 색소폰을 연주하는 버스커도 있었고, 커다란 나무 박스에 채소나 과일을 파는 상인도 있었다.

옥스퍼드에는 여러 대학이 있는데, 그중 내가 면접을 본 곳은 수학과가 가장 유명한 세인트 존스 컬리지였다. 면접관은 크리스 배티 교수님이었다. 교수님 눈가의 주름이 셀 수 없이 많은 책과 논문을 읽으며 보냈을 세월의 흔적으로 와닿았다. 그는 대화 도중 행복해 보이는 눈웃음을 지었는데, 얼핏 수학을 사랑하던 젊은 청년의 모습이 엿보였다.

면접 날은 추운 겨울날이었다. 누군가 손수 짜준 것처럼 포근한 느낌의 빨간 스웨터 차림으로 나를 환영해주었다. 푸근한 인상이었지만 눈빛에서는 왠지 모를 예리함이 느껴져서 나는 마치 작은 거인을 마주한 기분이었다. 그는 나에게 여러 수학 문제를 물어보았다. 한 번도 생각해보지 못한 괴이한 문제들이었다.

"안녕, 나에게 왜 점과 직선 사이의 거리를 구하려면 수선을 내려 그 길이를 구하면 되는 것인지 증명해줄래?"

당연하다고 생각했던 것이 당연해지지 않았던 그 순간은 내 머릿속 깊이 크나큰 충격으로 남아 있다. 그는 문제를 못 풀어도 좋으니 여러 생각을 자신에게 말해보라고 하였다. 크리스 베티 교수님과 몇 마디를 나누는 것으로 내 면접이 끝이 났다.

옥스퍼드 여정이 마무리되었고 한 달 뒤 나는 탈락 통보를 받았다. 그들이 원하는 인재는 무엇이냐며 한탄하기도 하고 한동안 그들이 밉기도 하였다. 탈락한 이유는 정확히 모르지만, 지금 와서 조심스레 추측해 본다면 내가 너무 문제 풀기에만 집중하여 그와의 토론을 놓쳤던 것 같다. 좋은 학자는 자신의 의견을 소신 있게 남들과 공유할 수 있어야 하는데 그 능력이 부족했던 것 같다.

그래도 좋은 경험이었고 나에게 그날 하루는 잊지 못할 기억으로 남아 있다.

집착이 강박이 되어

적당한 집착은 스스로 채찍질하게 하는 원동력이자 커다란 동기부여로 작용한다. 내가 오늘은 성실히 하루를 보냈는지, 그 집착 대상에 대한 노력은 많이 이루어졌는지, 내가 너무 주제 파악을 하지 못하고 안일하게 지내는 것은 아닌지 되돌아보게 한다. 여러 철학적인 고민을 하게 하며 자연스레 타인의 시선에서 '성실한 사람' 정도로 보일 수 있다. 자연스레 상대적으로 짧은 투자 기간 내에 커다란 성과가 따라오기도 한다.

하지만 집착에는 커다란 위험이 도사리고 있다. 자

칫 잘못하면 집착이 한순간에 강박이 되어버리기 때문이다. 강박은 '주객전도'라는 사자성어가 생각나게끔 하는 개념이다. 내가 컨트롤하는 것이 아니라 반대로, 내가 집착의 대상으로 컨트롤당한다. 꼭두각시로 전락하여버린다. 더 이상 '나를 내가 채찍질하며 앞으로 나아가는 상황'이 아니라 '검고 사악해 보이는 무언가가 나를 채찍질하여 쉴 틈 없이 나아가게 하는 상황'이 펼쳐진다.

고등학교 3년간의 치열했던 바칼로레아 준비가 끝나고 마지막 시험을 치렀다. 무언가 시험이 끝나면 홀가분하고 날아갈 것 같은 기분일 줄 알았다. 적어도 다른 학우들은 그래 보였다. 그들은 그들 인생의 최고점을 찍고 고삐에서 풀려난 경주마 같았다. 웃음, 행복, 사랑, 뭐 그런 감정이 얼굴 만면에 드러났다. 유심히 들여다보지 않아도 그들의 미소 한 번으로 한눈에 알 수 있었다. 어머니, 아버지와 여행을 다녀왔다는 학우, 그동안 챙기지 못했던 동생과 지냈다는 학우 등 저마다 여유를 가지고 주변을 돌아보았다.

하지만 나는 달랐다. 여전히 강박의 그늘에서 벗어

나지 못했다. 모든 시험이 끝났고, 각 과목을 전 세계 응시자의 극상위에 이름을 올릴 정도로 잘 보았지만 나는 더 공부를 해야만 할 것 같았다. 내 몸은 '나 쉬고 싶어, 이제.'라며 간절히 도움을 요청했는데, 나는 그런 스스로가 또 꼴 보기 싫었다. 나는 무언가를 계속 해나가야만 할 것 같았다.

나의 예민한 성격 역시 고쳐지지 않았다. 입시가 끝나고 부모님과 마음 편히 웃었던 기억은 그다지 없다. 그저 더 이상 무언가에 미쳐서 하루를 보내지 않는 나 자신에 대한 혐오감만이 남아 있었다. 늘 불안해했고 늘 무언가 또다시 미쳐서 할 것을 찾으려고 했다.

강박의 무서운 점이란 원래 그 강박을 야기했던 대상이 사라져도 강박은 그대로 남아, 우리의 남은 인생에 극도의 부정적 영향을 미친다는 것이다. 나만 보아도 내 정신적 피폐함의 원인이었던 시험, 공부와 같은 것이 모두 떠나갔음에도 여전히 그 굴레에서 고통스러워했다.

나는 할 것이 없어서 미적분학 공부를 시작했다.

카이스트에 입학하게 되면 일 학년 필수 과목이어서 어차피 배울 텐데, 그저 '미쳐 있는 나'를 보며 스스로 만족감을 느끼고자 여름방학 내리 공부했다.

지금은 후회하지만 어쩌겠나, 이미 지나간 것을.

05

내가
원하는 대로

캠퍼스

카이스트에 입학했다. 고등학교와는 대문의 크기부터 달랐다. 대문을 지나면 바로 보이던 오리 연못. 길게 뻗은 주황색 주둥이를 까딱거리며 리드미컬하게 행진하는 오리 무리들. 참 겉으로 보기엔 상쾌하고 평화로워 보이는 학교였다. 선배들은 무언가 앳되고 촌스러운 우리에 비해 상당히 멋지고 세련되어 보였고 뭔가 그들의 삶은 화려하고 평화로울 것만 같았다. 새내기의 착각이었지만 말이다.

"18 파이팅!"

동기들과의 술자리에서 늘 외치는 구호였다. 술자리에 여러 번 불참한 나는 많이 듣지는 못했지만, 동기들은 멋진 친구들이었다. 흔히 말하는 '인싸'랄까. 놀 때는 잘 놀고, 공부할 때에는 미친 듯이 공부할 줄 알았다. 본받고 싶은 친구들이다. 동기들과 친목 도모를 조금 더 할 것을 그랬다. 새내기 때는 공부도 공부지만 새로운 사람들과 상호 소통하면서 깊던 얕던 친분을 쌓아가는 행위가 중요하다는 것을, 왜 수년이 지난 지금 깨달은 것일까.

카이스트에서의 공부는 고등학교 때까지의 공부와는 달랐다. 문제 하나를 풀려고 해도 상당한 고민과 통찰력이 있어야 풀 수 있었다. 내가 기대했던 바를 그대로 충족해주는 적당히 도전적인 과제들이었다. 공부만 놓고 본다면 나의 대학 생활은 상당히 만족스러웠다.

카이스트 교수님들은 평범한 경우가 거의 없었는데, 수학과 교수님들은 특히 더 사차원적이고 괴짜 같았다. 명민함 사이로 툭 삐져나온 소년다움이 존경스럽고 사랑스러웠다. 수학에 대해 고민할 때에는 날카롭고 차갑기 그지없지만 대화를 나누다 보면 따스함이 전해졌다. 때 묻지 않은 수학에의 열정. 그것에 반했고 또 동경했다.

한번은 풀리지 않는 수학 증명 문제를 들고 한 노교수님을 찾아갔다. 그는 늘 같은 허름한 가죽 재킷 차림에 가죽 가방을 들고, 산 지 오래되어 보이는 무테 직사각형 안경을 끼고 수업을 하셨다. 노크 후 들어간 교수실에는 책이 많았다. 아주 많았다. 조합론을 연구하는 분답게 조합, 퍼즐과 관련된 책과 논문 자료가 사방팔방에 널브러져 있었다. 그 정돈되지 않음조차 멋있었다.

교수님의 깊은 눈주름은 수학을 연구하며 고민해 온 세월이 담겨 있었다.

"어디 한번 볼까요?"

교수님은 내가 들고 온 수학 문제를 유심히 살펴

보고는 자신만의 증명을 써내려가기 시작했다. 미분 방정식과 행렬식과의 연관성을 찾는 문제였다. 교수님은 설명하는 내내 너무나도 즐거워 보였다. 본인이 처음 시도한 방법이 먹히지 않자 멋쩍으신 듯, 곧바로 중얼중얼 혼잣말을 하며 다른 방법을 시도했다. 문제 풀이로 엿본 교수님의 사고는 제한이 없었고 너무나 자유로웠다. 미분 방정식을 선형 대수학적으로 접근하며 자신만의 참신한 풀이를 제시하였다. 그리고 내게 이렇게 말을 건넸다.

"하하, 신기하죠? 이러한 풀이는 아마 배우지 않을 거예요."

어느 순박한 시골 청년이 지을 법한 수수한 미소였다.

"흥미롭지 않나요?"

궁금했던 문제가 해결되고 가보겠다고 인사를 드리자 교수님이 한 말이다. 지금도 생생히 기억나는 이유는 뭘까. 노교수에게 수학은 늘 흥미로운 놀이였을 뿐이었다. 좋아하는 것을, 사랑하는 것을 하며 지금껏 살아왔을 뿐이다. 인생을 바칠 무언가를 발견한 자를 마주한 감동이었는지도 모른다.

내가 좋아하는 것

내가 나이가 들었을 때 찰나의 고민도 없이 '흥미롭다.'라고 말할 무언가가 내게 있을까? 수학에 몰두하고 변함없는 흥미를 품는 교수님처럼 나도 그렇게 무언가를 좇아 살아갈 수 있을까? 내가 진정으로 사랑하는 것은 무엇일까?

고민을 시작했다. 사실 새로운 고민이라고 하면 거짓말이다. 지금껏 내가 일궈놓은 삶에서 자연스럽게 이어질 여러 루트를 따라야 한다는 또 다른 강박에 가려, 내가 의도적으로 피하고 있었던 것이었다.

패션, 옷. 두 단어만 생각하면 늘 가슴이 벅차올랐

다. 공부를 하며 힘겨운 와중에 스스로 버틸 수 있는 힘으로 삼은 것이 바로 패션쇼를 보는 것이었다. 너무 힘들어 쓰러질 것 같으면 라프 시몬스나 미우치아 프라다, 이브 생 로랑 같은 패션계의 아이코닉한 쇼들을 찾아보았다. 때로는 메종 마틴 마르지엘라의 해체주의적 관점에서의 코트의 해석이라든지, 그와 비슷한 여러 가지를 계속 찾아보며 지냈다.

패션쇼의 음악과 하나 되어 걸어 나오는 모델들을 볼 때면, 마치 내가 그중 한 명이 된 듯 가슴이 벅차올랐다. 쿵쿵 뛰어대는 심장 박동을 느낄 수 있었다. 간혹 어떤 쇼는 기승전결이 너무나도 완전한 나머지 미장센에 매료되어 한 방울 눈물을 흘리기도 했다. 그 쇼들을 위해 혹독하게 관리했을 모델들을 생각하며 존경스러움과 안타까움의 감정을 함께 느끼기도 했다.

패션에 대해 처음 관심을 가진 것은 고등학생 때다. 한 학우가 옷을 매우 개성 있게 입었다. 그래서 나중에 물어보니 그 옷들은 어떤 헤리티지를 가진 '디자이너'라는 사람들이 만드는 것이라고 했다. 흔히 말하는 '명품'이라 당시 고등학생인 나로서는 도저히 살 엄두도 안 나는 옷들이었다.

처음에는 그저 그렇게 멋지고 비싼 옷들이 입고 싶었다. 만져보면 일반 옷들과 원단도 다른 듯했다. 찰랑거림 또는 광택이 남달랐다. 마치 하늘 위 구름을 만지는 기분이었다. 한번 빌려 입어보았을 때 다른 옷들과는 다른 묵직한 무게감을 느꼈다. 불쾌한 묵직함이 아니라 탄탄하고 믿음직스러운 원단에서 나오는 디자이너의 책임감이었다.

이러한 옷들은 도대체 누가, 어떻게, 언제 만들어 선보이는 것일까? 그것이 궁금했다. 어떤 식으로 얼마만큼의 공을 들여 옷을 만들어야 이런 차별화되고 예술적인 작품을 만들 수 있을까?

신선한 충격을 받고 그때부터 여러 디자이너를 살펴보기 위해 보그 런웨이라는 웹 사이트에 들어가 여러 패션쇼를 보기 시작했다.

어떤 디자이너는 다리를 길어 보이게 하려고 크롭한 상체 핏을 선택한다든가, 어떤 디자이너는 좀 더 레트로 풍 분위기를 내려고 벨 바텀이나 플레어 팬츠 같은 바지 기장을 택한다든가……. 디자이너들은 옷의 디자인과 원단 말고도 여러 가지로 핏 자체에 대해 신경 씀을 알 수 있었다.

그러다 모델이 내 눈에 들어왔다. 그들은 멋진 디자이너의 옷들을 완벽하게 소화하여 소위 그 옷의 마지막을 장식해주었다. 아무리 옷이 멋져도 옷걸이에 하자가 있으면 그 옷의 핏을 온전히 프레젠트할 수 없는 법이 아닌가. 모델들은 마치 옷의 마지막을 더욱 더 센세이셔널하게 하고 역할을 했다.

어느 모델에게 입히느냐에 따라 같은 옷도 너무나도 다른 느낌으로 보였다. 같은 이브 생 로랑의 탱크탑을 걸쳐도 어느 모델에게서는 따스한 소녀미가 나는 한편, 다른 모델에게서는 차가운 드라큘라 백작이 담배를 피우며 나를 째려보는 신을 연상케 했다.

나는 어느새 모델에 미쳐 있었다. 나도 모르게 많은 모델들의 소셜 미디어를 팔로우하고 그들의 자기관리나 자기연출 법, 본인을 포장하는 법을 보고 익혔다. 적어도 하나, 내 가슴을 뛰게 하는 일이 있어 좋았다.

남들은 원래 가십을 좋아해

나만의 옷 스타일을 찾기 위해 사방팔방 뛰어다녔다. 여러 옷 가게에 들어가 셀 수도 없이 많은 옷을 피팅해보면서 어느 옷이 나에게 잘 어울리는지 찾으려 애썼다. 여러 저렴한 옷을 대량 구매하여 핏을 대체로 확인해보고 나중에 중고로 되팔기도 했다. 늘 옷이라는 것 하나에 시선이 쏠려 있었다.

동기 중 한 여자아이가 나를 볼 때마다 겉멋을 너무 부린다고 뭐라고 했다. 그런데 나는 아무렇지도 않았다. 내가 가진 옷에 대한 열정과 패션에 대한 이해 그리고 모델에 대한 열망이, 그녀의 얕은 시선에는 보이지 않았던 것뿐이다.

남들은 가십을 좋아한다. 그들은 자신의 스트레스를 해소하기 위해 이러쿵저러쿵 남 이야기를 한다. 남의 주장, 견해, 관점에 대해 재단하고 서로 공유하며 스트레스를 푼다. 아쉽게도 이 프로세스는 굉장히 비생산적이다. 쉽게 말하고 금방 잊고 만다.

어차피 그들은 남에 대해 가볍게 곱씹어보는 것이다. 남들이 그런다고 흔들릴 필요가 없다. 결국 맞는다고 생각하는 것도, 내 인생의 결정을 내리는 것도 내 쪽이다. 나 자신을 믿는 태도만이 성장을 가져온다.

THEATRE

아깝지 않아?

지금 와서 많은 사람이 묻는다. 카이스트까지 그 죽을 노력을 다해 가놓고서 아깝지 않느냐고, 후회하지 않느냐고. 그럴 거면 왜 그렇게 고등학교에 너의 모든 것을 갈아 넣으면서 공부를 하였냐고. 지금 네가 선택한 삶에 진정 만족하느냐고.

후회하지 않는다. 고등학교 3년간, 나는 죽을 만큼 노력할 수 있는 사람이고, 또 그렇게 노력해서 결과를 쟁취할 수 있는 사람임을 확인했다. 그래서 지금의 나도 존재한다. 그거면 되었다.

코로나

나는 어영부영 대학교를 다녔다. 대학교를 다니면서 어느 순간부터인가 그들과 내가 많이 떨어져 있다고 순간순간 느꼈다. '나는 이 환경에, 이 구조 속에 완벽히 들어맞지는 않는 것 같다.'라고 느낀, 찰나의 순간이 쌓여갔다. 구체적으로 언제 그것을 느꼈는지 희미하지만 말이다.

수학 문제 연구회 동아리의 정기 발표 시간에 참석해 선배님들의 이론 소개라든지, 가설 설명이라든지, 뭐 그러한 것들을 듣는 것도 매우 재미있었다. 그렇지만 솟구치는 아드레날린, 두근거리는 심장 박동이 부족했다. 색으로 표현하자면 강한 적색, 단어로 얘기하자면 정열 말이다. 그러한 것이 조금은 결여되어 있었다.

수업이 끝나면 터벅터벅 미르관 기숙사 방으로 들어와 메종 마르지엘라의 FW 2019 쇼를 보면서 경탄했다. 그때가 하루 중 시간이 제일 빨리 갔다.

나는 카이스트에서의 두 번째 학년을 남들은 부러워할 만한 성적으로 마무리했다. 실제로 남들은 나를 부러워했다.

"너는 안정적으로 자대 대학원에 갈 수 있는 성적을 받았네."

"너는 학문적으로 정말 능력이 있나 봐."

이러한 말들을 해주는 친구들이 있었다. 그런데 웬걸. 이러한 말들은 내가 미래에 정말 뭐가 되어야 할지 더욱 혼란스럽게 만들다 못해 내 머릿속에서 복잡한 토론을 야기했다.

'대학원에 가야 한다는 가정은 도대체 왜 하고 있는 것일까?'

'나는 시험을 잘 보는 공부법을 알 뿐이지 정말 학문적 소양이 있는 것은 아닌 것 같은데…….'

친구들의 말을 튕겨내며 나 자신을 부정하기도 하며 혼란한 감정으로 방학을 맞이했다. 방학은 정말 카오스Chaos 그 자체였다.

교수가 되어야지. 그게 안정적일 수도 있어. 아냐, 그런데 내가 학문적 소양이 부족한데 그렇게 쉽게 대학원에 간다고 마음먹었다가는 큰코다쳐. 나는 모델이 되고 싶은데? 그런데 나는 키가 작잖아. 아냐, 그런데 모델 하면서 멋지게 걷는 내 모습을 상상하면 너무 가슴이 뛰는데? 분명히 이건데? 아냐, 근데 나보다 멋진 사람은 널렸어.

이런저런 생각이 불쑥불쑥 튀어나와 나를 괴롭게 했다. 그리고 2020년 봄, 코로나가 닥쳤다. 평범하게 3학년 1학기를 준비하고 있었다. 기숙사비도 다 납부하고 또 힘들지만 알찬 한 학기를 시작하려고 기다리고 있었다. 그런데 개강 전날, 학생 커뮤니티에 코로나 바이러스로 인해 잠정적으로 비대면 수업으로 전환된다는 공지가 떴다. 예상치 못하게 나는 처음으로 서울에서 학기를 보내게 되었다. 그때는 몰랐다, 이게 얼마나 내 인생의 터닝 포인트가 될지를.

환경과 인간

'인간을 둘러싸고 있는 환경의 무서움을 아는가?'라는 고전적인 카피를 봤다. 워낙 자주 들어본 말이라 그동안 그러려니 하고 넘겼고 딱히 깊이 생각하지 않았다. 그런데 문득 그것만큼 맞는 말이 또 없다는 생각이 들었다.

카이스트에 다니는 학생들이 공부를 열심히 하는 이유 두 가지를 내 나름대로 꼽아보았다. 첫째는 본인이 학문에 대해 진정한 열정과 사랑이 있어서다. 정도의 차이가 있을 뿐 카이스트의 모든 학생은 자신이 선택한 학문에 열정과 사랑을 품고 있어서 그 학문의 아름다움을 볼 수 있었다. 둘째는 환경적인 요인이다. 카이스트에 다니면 다른 사람의 공부하는 모습을 일상적으로 보게 된다. 그 때문에 자신도 공부해야 한다는 무언의 압박 혹은 의무감이 생긴다. 그런데 코로나로 비대면 수업으로 전환이 되면서 두 번째 요인이 상실되어버렸다. 나의 진정한 아이덴티티가 스멀스멀 나를 정복하기 시작했다.

누구나 가끔 경험하는 정도의 우울감이 아니라 주체 불가능할 정도의 우울감이 파도처럼 밀려왔다. 아침에 일어나면 상쾌하기는커녕 '대체 오늘의 나는 왜 존재하는 것인지', '오늘 하루를 어떠한 동기로 살아가야 하는지', '왜 나의 인생은 연속적이어야 하는지'에 대한 생각만이 머릿속을 지배했다.

누구보다 열심히 살았다. 친구를 사귀기 위해 시작한 공부였지만 결국 고립을 가져왔다. 그럼 나는 뭘까? 원하는 것이 분명히 있는데 나는 여기 있다. 그럼 나는? 무엇을 하고 있는가. 원론적이면서 단순한 질문이 반복되었다. 그리고 그것은 나를 집어삼켜버렸다.

수업을 놓기 시작했다. 집중이 안 되었다. 교수님의 말씀이 귀에 잘 안 들어왔다. 그렇게 의미 없게 하루하루 연명하듯이 살아갔다. 내 삶의 이유에 대한 고민, 죽음은 무엇일까 등의 고민을 하며 방에서 나가지도 않고 지냈다.

그러던 어느 날—언제인지는 기억이 흐릿하다—그냥 갑자기 이른 아침에 압구정 로데오로 향하는 지하철에 탑승했다. 한 모델 에이전시에 무턱대고 찾아갔다. 커피를 사서 출근하던 직원들은 문 앞에 서 있는 나를 보고 당황한 기색으로 지나쳤다.

"어떻게 찾아오셨어요?"

그중 한 명이 물었다.

"저…… 여기 들어오고 싶어서 한번 와봤어요."

분위기가 갑자기 싸해졌다. 자리에 있던 직원 다섯 명이 전부 나를 정신 나간 사람 보듯 보았던 것 같다.

그렇게 한 십여 초 정도가 흘렀을까. 아까 그 직원이 또다시 최대한 침착하게 말했다:

"저희 사전 미팅 없이는 계약 진행하지 않고 있어요. 관심 있으시면 나중에 사전 미팅을 잡으시고 방문하시기 바라요."

"아…… 네. 갑작스레 방문드려 죄송합니다."

무작정 쳐들어갔던 그날의 결말이다. 다소 허무한 결말일지라도 어쨌든 나는 내가 원하는 바를 위해 의미 있게 움직여보고 시도해보았다.

이후로 본격적으로 움직였다. 사실 가만히 앉아 있으면 우울감에 잠식되어 내 삶이 끝나버릴까 무서웠다. 구실을 만들어서라도 외출을 했다. 보통 그 구실은 에이전시를 찾아가는 것이었다.

한 에이전시에서 패션모델 캐스팅을 한다는 공지를 올렸다. 나는 기대 반 걱정 반으로 어설프게 사진을 찍어 보냈다. 에이전시 측에서 며칠 뒤 관심이 있다고 미팅을 하자는 연락을 받았다. 이게 꿈이야 생

시야. 믿을 수 없었다. 내가 모델이 정말 될 것만 같았다. 모델로서 드디어 첫발을 내디딘 것 같았다.

에이전시에 도착해서 대표와 미팅을 했다. 대표는 나를 보고 갑자기 뚱딴지같은, 다소 무례한 말을 했다.

"현준 씨, 키가 그렇게 크진 않네요. 그런데 뭐, 얼굴이 예쁘니까. 사실 저희가 모델 뽑으려고 그 공고 올린 게 아니에요. 유튜브 해보려고 하는데 유튜브 해볼래요?"

유튜브가 나쁘다는 것이 아니다. 다만 나는 모델이라는 꿈을 좇아 간절한 마음으로 그곳까지 앞만 보고 달려왔는데 모델 모집 공고를 올리고, 그곳에 지원한 내게 회신을 보내놓고 갑자기 유튜브 얘기를 하니, 나를 대놓고 기만하는 느낌이 들어 화가 솟구쳐 올랐다.

그날 나는 살면서 처음으로 화를 냈다. 나는 모델을 하고 싶어서 귀사의 모델 모집 공고에 응했으며, 귀사도 그것에 회신을 하였는데 왜 사실과 전혀 다른 말씀을 하시느냐고. 직원들도 분위기가 숙연해졌고 대표도 당황한 기색이 역력했다. 나도 스스로에게 놀랐다. 나도 화를 낼 수 있는 사람이었구나.

꿈을 향한 첫 걸음으로 보였는데…… 나의 기대는 와르르 무너졌다. 일부러 먼 곳에 내려 집까지 걸어왔다. 가득 차오른 눈물이 마르기까지 한참을 걸었다.

갈등

여러 모델 에이전시 오디션을 보았다고 하니 아버지는 "취미는 몰라도 계약은 절대 안 된다."라며 타일렀다.

어머니는 거의 울기 직전의 얼굴을 하고 오셔서는 나에게 얼마나 이 직업이 불안정한지 아느냐, 너보다 잘 생긴 사람, 멋진 사람, 개성 있는 사람이 얼마나 많은지 아느냐며 걱정 섞인 말을 했다. 그러고는 학교를 그만두면서까지 모델을 하려는 위험천만한 생각은 도대체 왜 한 것이냐고 혼을 냈다. 어머니는 매우 속상하거나 화가 나면 얼굴이 극도로 붉어지는데 그런 얼굴로 나를 혼냈다. 그런 것으로 보아 가슴이 찢어지셨나 보다. 학교를 그만두고 싶다는 내 마음을 어떻게 읽었는지도 참 신기할 따름이다.

부모님과 나는 자주 이 문제로 갈등했다. 모델이 뭔데 내가 그렇게 목숨을 거는지를 이해 못 하셨다. 애당초 부모님은 '패션'에 별 관심이 없는 분들이라 이쪽 관련 얘기를 함께해줄 마음이 없어 보였다. 적어도 어머니는 가끔 예쁜 블라우스나 블레이저를 구매하는 듯했지만 아버지는 양말도 본인이 사본 적이 없는 분이니 말을 다 했다.

아무튼 패션에 전혀 아무런 관심이 없는 분들에게 패션을 이해시키기란 불가능에 가까운 일이었다. 패션의 가장 최전선에서 맞닿아 있는 '패션모델'이라는 직업 역시 부모님에게는 생소했을 것이다. 대체 왜 일상생활에서 입을 수 없는 기괴한 옷을 입고 카펫에서 걷는 '패션 쇼'라는 것을 세계의 셀럽들이 시간을 내어 함께 보는지 부모님은 이해하지 못했다.

아, 세상이 무너지는 것만 같았다. 부모님을 어떻게 설득을 하지. 조금 개방적인 부모님을 둔 친구들이 너무 부러웠다. 밤에 자주 울었다. 그런데 어쩌겠나, 행동으로 보여주는 수밖에. 설득이 안 되면 그냥 해야 했다.

모방은 창조의 시작?

개성이 부족하다고 생각했다. '뭐가 부족하지?'라는 자가 진단 끝에 돌아온 단순명료한 대답이었다.

샤넬의 수장 칼 라거펠트를 생각하면 저절로 백발의 장발에 질끈 동여 묶은 올백 머리 그리고 아세테이트 프레임의 블랙 선글라스, 보우 타이를 동여 맨 흰 셔츠, 그것 위에 무심히 걸친 블랙 벨벳 소재의 블레이저, 고급스러움을 더해줄 레더 소재의 일상생활에 지장을 주지 않는 얇은 장갑, 수트 턱시도 소재의 바지, 포멀 애티튜드를 더해주는 더비 슈즈나 옥스퍼드 또는 블랙 가죽 소재의 미니멀 로퍼 그리고 예전 아버지들이 들고다니던 비즈니스 백이 머릿속에 그려진다. 이렇게 한 사람을 떠올리면 함께 연상되는 어타이어attire가 내겐 없었다. 어떠한 나만의 아이코닉한 룩이 마치 꼬리처럼 따라다니는 사람이었으면 좋겠다고 생각했다.

나만의 무언가를 만들려고 했으나 막막하기 그지 없었다. 하다못해 남성 패션의 가장 베이식이라고 일컬어지는 데님의 핏도 나는 제대로 알지 못했다. 스트레이트, 슬림, 스키니, 슈퍼 스키니, 테이퍼드 핏, 로우 라이즈, 하이 라이즈, 미드 라이즈, 부츠 컷, 플레어, 와이드 레그, 크롭트 핏…… 알지 못하는 외계어들이 '데님'이라는 공통된 명사를 수식하고 있었다. 이런 것들을 일일이 공부하며 나에게 맞는 옷을 찾기란 불가능에 가까웠다. 어쩔 수 없었다. 정면승부밖에 남은 것이 나에겐 없었다.

인스타그램 사용자가 세계적으로 늘면서 다양한 이미지를 쉽게 접할 수 있었다. 인스타그램으로 나의 니즈를 정확히 충족할 수 있었다. 많은 모델, 인플루

언서 그리고 셀러브리티의 데일리 아웃핏이 무료로 대중에게 노출되었으니까. 나는 여러 해시태그를 타고 들어가거나, 그중 특히 멋있어 보이는 이들을 팔로우하여 그들만의 아웃핏 연출법을 보며 같은 옷을 어떻게 다른 분위기로 살려내는지 등을 습득했다.

하지만 가장 좋은 것은 그들이 입은 옷을 그대로 따라 사보는 것이었다. 그들은 고가의 옷을 입고 있는 경우가 많았기에 가장 디자인이 비슷한 국내 저가 브랜드의 옷을 구입하여 그들의 아웃핏을 그대로 따라 했다. 과외를 하면서 벌어들인 돈을 거의 옷을 구매하는 데에 투자했다. 나의 미래에 투자하는 것이라 생각했기에 아깝다는 생각은 하지 않았다. 코로나 시기에 나는 나름 치열하게 '패션 연구'에 몰두했다.

계속 모방을 하다 보니 점점 옷이 쌓여갔다. 그러면서 이 옷을 저 옷과 입어보기도 하는 '믹스 매칭'의 능력을 갖추게 되었다.

처음에는 굉장히 우스꽝스럽고 어색하거나 너무 과하다 싶을 정도로 전위적인 스타일링을 하는 데에 그쳤지만 어느 순간 입었을 때 '최현준이다.' 싶은 느낌이 나기 시작했다.

스타일에서 그 사람이 느껴지는 순간이야말로 패션 인생의 큰 전환점이라고 생각한다. 그 시점부터 '옷 잘 입는 취미'가 '패션에 정통한 프로'가 된다고나 할까. 무언가 걸쳤을 때, '아, 이것은 나야.'라는 확신이 드는 순간이 존재했다면 스타일링을 잘하고 있는 것이다. 반면 '아, 누구는 이렇게 입었는데 나도 이런 식으로 코디를 바꾸어볼까?'라는 생각으로 스타일링 중이라면 아직 전진 중인 것이다.

돌고 돌아 내가 정착한 나의 스타일은 펑크록과 포멀 수트 그 어느 사이다. 1970~1980년대에 밴드를 하다가 왔을 것만 같은 느낌이면서도 어딘가 각이 살아 있는 스타일이다. 그걸 지금까지 유지하고 있다.

그렇지만 나의 스타일은 이것이라고 확정하고 싶지는 않다. 스타일은 그날그날 바뀌어야 하는 유동적인 것이니까. 너무 자세히 규정한다면 그것은 나를 가두는 감옥 같은 위험한 것이 되어버릴 수도 있으니까.

점점 나의 개성이 확립되어 갔다. 그렇게 일 년이 흘렀던 것 같다. 남들이 나를 '멋있다.'라고 보기 전까지 말이다. 이 분야에서 타인을 설득하는 일은 시간이 오래 걸린다. 지나치게 시니컬하고 냉정하기 그지없기 때문이다. 천만큼 일하면 백 정도 감흥하고, 만만큼 일하면 천 정도 감흥한다. 본인의 일이 아니기 때문에 당연하다. 같은 이치로 남들에게 객관적으로 '멋지다.'라고 인식되려면 내가 생각하는 것보다 '열 배' 이상 멋져야 한다. 타인의 기준이란 높고도 높은 저 먼 에베레스트 산맥 같다.

패션 연구를 하고 나의 개성을 찾으면서도 꾸준히 에이전시의 문을 두드렸다. 그렇게 치열하게 일 년을 보냈을 때 한 브랜드에서 연락이 왔다. 시즌 룩 북에 나를 모델로 한번 써보고 싶다고 했다. 이게 2021년 말이었다.

나의 기준

"남들을 평가하는 기준만큼만 너를 평가해, 제발."

살면서 친구들한테 많이 들었던 말이다. 나는 유독 나 자신에게만 가혹할 정도로 비현실적인 평가 기준을 두었다. 가령 고등학교 때 최고 등급만 맞으면 입시에서 똑같이 평가를 하는데도 나는 백 점을 받지 못하면 스스로에게 실망해 집에서 울부짖었다.

모델이 되기로 결심한 이후에도 그 잣대는 그대로였다. 남들은 엄청 멋지게 보았지만 나는 나를 멋지다고 생각해본 적이 없었다. 늘 발전해야 하고 무언가 결핍되어 있다고 느꼈다.

'나는 키가 작아.'

'내 청바지 핏은 왜 이렇게 좀 다리가 짧아 보이지?'

'종아리가 짧나?'

'저 사람이 이 셔츠를 입으면 시크한데 왜 내가 입으면 이상하지?'

온갖 부정적인 생각으로 나를 괴롭혔다. 자신감이 바닥을 칠 때 브랜드에서 연락이 온 것이었다. 실물 미팅에서 나를 직접 본 브랜드 대표가 말했다.

"현준 씨, 사진으로 보았을 때와 느낌이 사뭇 다르네요. 이렇게 뵈니 또 중성적인 느낌도 있으시네요."

분명 칭찬으로 건넨 말이었지만 나는 그냥 내가 싫었다. 중성적인 스스로가 싫었고 사진으로 볼 때와 느낌은 또 왜 사뭇 다른 건지 나 자신이 원망스러웠다. 왜 나를 만나는 사람들에게서 '멋지다.'라는 말이 직접적으로 안 나오는 거냐며 자책했다. 부정적인 생각만 되뇌었고 '아, 탈락했다.'라고 생각하며 집으로 터덜터덜 걸어왔다. 집에 도착해서 잘 준비를 하는데 연락이 왔다.

"현준 씨, 이번 시즌 한번 같이 잘해봐요."

그렇게 나의 공식적인 첫 촬영이 잡혔다. 그런데도 뛸 듯이 기뻐하기보다 '내가 최악은 아니었나 보다.' 하며 잠자리에 들었다.

지금 그때로 돌아간다면 '넌 충분히 멋져!' 하고 축 처진 어깨를 토닥토닥 해주며 꼭 껴안아주고 싶다. 너에게는 밝은 미래가 기다리고 있다고, 곧 너는 남들이 하지 못할 것을 하게 될 거라고, 너를 조금 믿으라고 말이다.

불만족

첫 촬영일이 찾아왔고 나는 한 스튜디오로 가 메이크업이라는 것을 처음 받았다. 여러 착장을 입어보며 설레는 마음으로 촬영에 임했다. 그런데 웬걸, 멋지게 나올 것이라는 내 상상과는 전혀 다르게 사진들이 어딘가 하나씩 어색하게 나왔다. 포즈가 굉장히 부자연스러워 보였고 옷태가 살아 보이지도 않았다. 내가 소비자였다면 딱히 옷이 매력적으로 안 보일 것 같았다. 그런데도 브랜드 대표님과 포토 실장님은 만족스러운 눈치였다.

"오, 결과물 잘 나왔네요."

촬영이 끝나갈 무렵 대표님이 말했다. '이게 맞나?'라는 생각이 수백 번 들며 오히려 대표님에게 죄송하기까지 했다. 내 기준에서 그건 납득 불가능한 결과물이었다. 내 기준의 '패션모델'은 훨씬 멋있게 사진에 담겨야 했다. 고작 '멋진 일반인' 정도로 사진에 담기면 안 되는 존재였다.

그날 집에 들어가면서 나 자신에게 너무 화가 났다. 왜 얼굴은 그렇게 부어 있었으며, 왜 머리는 숱 정리가 안 되어 있고, 눈빛이나 포즈는 하나같이 누가 디렉팅을 해준 것처럼 인위적이었는가. 나 자신에게 격분한 나머지 집에 가는 내내 씩씩대기를 주체할 수 없었다.

〔현준 씨, 벌써 반응이 좋네요. 미리보기 올려놨는데 소비자분들이 좋아하세요.〕

집에 도착했을 때 보니, 대표님에게 한 통의 메시

지가 와 있었다. 그래도 스스로에게 그냥 화가 났다.

나는 더 잘할 수 있는 사람인데, 이 정도로도 사람들이 만족한다면 나는 그들을 훨씬 더 만족시킬 수 있는 사람이라는 것인데, 왜 더 잘하지 못했니.

모델로서 첫발을 뗀 역사적인 그날, 그렇게 나 자신을 힐난하며 뜬눈으로 밤을 지새웠다. 날이 추웠다.

런던 에이전시

나의 첫 촬영 결과물이 나오자마자 부랴부랴 SNS에 '나 모델 되었어.' 느낌으로 사진을 올렸다. 그렇게 자책했으면서도 뿌듯하기는 했다. 그런데 얼마 지나지 않아 런던의 한 모델 에이전시 관계자에게서 메시지가 왔다.

"너의 사진이 마음에 들어. 혹시 에이전시가 있니? 없다면 우리와 함께해보지 않을래?"

영어 메시지를 의역하자면 그런 내용이었다. 내 기

준에 한참 부족한 사진이었건만, 그것을 보고 업계의 관계자에게 인정을 받았다니 주저할 이유가 없었다. 바로 답을 보냈다.

"좋아, 한번 계약서를 확인하게 해주면 좋겠어."

러브콜을 보냈던 런던 에이전시는 신흥 기획사였던지라 계약서 자체도 많이 루즈했다. 첫 3개월만 부담 없이 계약을 해보고 추후 반응을 지켜보고 지속적으로 계약을 연장하거나, 아니면 한쪽에서 계약을 중단하는 방식이었다. 전속 또는 소속 모델 계약 시, 짧으면 1년, 길게는 5년까지 회사와 계약한다는 점을 고려하면 신인인 나에겐 적은 리스크로 계약할 기회였다. 오히려 상호 부담이 없어 더할 나위 없이 좋았다.

이 시점부터 어머니의 반응이 바뀌기 시작했다. 늘 반대하며 이 업계의 불안정함, 만날 수 있는 사람들이 얼마나 제한적인지 등 꼬리에 꼬리를 물고 부정적인 말만 하던 어머니가 아들을 '모델'로 생각해주기 시작했다. 아마 첫 브랜드 룩 북 사진을 보고 장하다 생각하신 듯하다. 아들이 찰나의 멋에 취해 방황의 일환으로, '모델'이라는 겉멋 가득해 보이는 직업에 충동적으로 빠진 줄 알았는데, 실제로 웹 사이트 모델로서 자식 얼굴이 올라가니 신기함 반, 뿌듯함 반의 감격이 있지 않았을까 싶다.

나중에 궁금해서 어머니에게 물어본 적이 있다.

"엄마, 근데 내가 모델 하겠다고 했을 때 싫어했으면서 막상 브랜드 룩 북도 찍고, 계약도 한다고 했을 때 왜 반대를 안 했어?"

"그러게? 말이 안 통해서 그냥 언제까지 저럴까 하면서 지켜보고 있었는데 모델이 되어 있더라고."

나를 믿고 지켜봤고 모델로 인정해준 그 말 한마디가 따스하게 내 가슴 한편에 새겨졌다. 저 안쪽, 깊숙이, 누구도 빼앗을 수도 없을 만큼 저 깊이 자리해 있다.

번아웃

모델 일과 학교 비대면 수업을 병행하는 일은 갈수록 힘들어졌다. 가뜩이나 비대면 수업으로 학생들이 나태해질까 봐 우려되었는지 교수님들은 경악할 정도로 어려운 과제들을 폭포수처럼 쏟아냈다. 그 와중에 짬짬이 촬영을 하고 내가 원하는 패션 공부를 하니 몸이 남아나지를 않았다.

나는 내가 천하무적이라고 생각했다. 늘 수험생 생활을 지속해도 버틸 수 있을 줄 알았다. 잠을 줄이고 내가 원하는 만큼 내가 원하는 시간에 실행에 옮길 수 있을 줄 알았다.

"살면서 죽어라고 공부해본 적이 있긴 하니?"

내가 과외 지도를 하던 학생들에게 입이 마르도록 하던 말이다. 이 말이 얼마나 무책임하고도 멍청한 말이었는지 나는 그해 학기말 시험 기간이 되어서야 마침내 깨달았다. 편미분 방정식 개론 기말고사 시험 시간이었다. 교수님이 온라인으로 업로드해준 시험지를 카메라 앞에서 풀어 나가고 있었다. 그런데 웬걸. 어느 순간 글씨들이 잘 안 보였다. 뿌옇게 안개처럼 글씨들이 쪼개지는 것만 같았다.

삐—

그리고 따라오는 이상한 소음. 그리고 귓가에 울리는 나의 심장 박동 소리. 주변의 소리가 모두 크고 빠르게 들려왔다. 나는 거의 쓰러지기 직전의 상태가 되었다. 너무 죄송하지만 나는 시험을 볼 수가 없을 것 같다고, 문제를 풀 수가 없는 몸 상태라고 조교님한테 말씀드리고 화상 채팅 방을 나왔다.

말 그대로 앞이 보이지를 않았다. 멍하니 앉아 수십여 분이 흘렀을까, 울컥 서러움이 들었다. 누구보다 열심히 한 학기를 살았는데, 막상 무대에서 펼쳐보지도 못한 스스로가 한심하기 그지없었다. 지금이라면 달랐을 테지만 그땐 그렇게 나 자신을 힐난하는 데 거침이 없었다.

에디 슬리먼

내가 속한 런던 에이전시에서는 한국에 에이전시가 없다는 이야기를 듣고 나를 한국 기획사와 서둘러 연결해주었다. 그리하여 나는 한국에서 '프리랜서 모델' 생활을 청산하고 본격적으로 '소속사 모델' 생활을 시작하나 기대했다.

하지만 현실은 나의 기대와는 거리가 있었다. 나를 찾는 곳은 거의 손에 꼽았고, "모델 최현준입니다."라고 하면 "누구시죠 그분이?"라는 반응이 돌아오기 일쑤였으니까. 겨우겨우 추천에 추천을 거듭해 브랜드 룩 북 하나를 찍는 식으로 아주 근근이 살았다.

4개월가량 아무 일도 못 하면서 회의감에 빠져들었다. 나의 정신 상태는 가면 갈수록 피폐해졌다.

나의 가능성은 정말 제로였을까?

누가 봐도 하나도 안 멋지기 때문에 아무도 안 불러 주는 것이겠지?

내 몸매가 너무 별로인가?

내가 너무 젠더리스 이미지라서?

나의 가치에 대해 끊임없이 반문하게 됐고 자존감은 수직 하락했다. 그때부터 나는 내 우울함을 남들을 만날 때에 감추기 위해 전전긍긍하며 살았다.

좀 우울해도 기쁜 척, 좀 힘들어도 너무 행복한 척 웃었다. 속내는 뭉개져 있는데 겉으로는 아닌 척했다. 그래도 내 길을 가보려고 아등바등 몸부림을 쳤다.

에디 슬리먼Hedi Slimane. 패션 업계 사람이라면 누구나 한번은 들어봤을 거장의 이름이다. 그는 클래식했던 디올 옴므Dior Homme의 크리에이티브 디렉터로 2000년 발탁되면서 그동안의 패션 고정관념을 타파하고 그만의 극한의 스키니 실루엣으로 디올 옴므의 새로운 전성기를 이끌었다. 그의 디자인이 얼마나 대단했느냐면 샤넬의 수장 칼 라거펠트[Karl Lagerfeld]가 에디의 슬림 디올 데님을 착용하고 싶어 몸무게를 40킬로그램 가깝게 감량했다는 일화가 존재할 정도다.

디올에서의 혁명적인 7년의 생활을 마치고 그가 향한 곳은 입 생로랑[Yves Saint Laurent]. 생 로랑에서의 에디도 가히 전무후무한 역작을 많이 선보였다. 여전히 생 로랑의 아이코닉한 아이템으로 남아 있는 와이어트 부츠, 웨스턴 벨트 그리고 여러 슬림 테디 블루종 같은 아이템들은 그 자체로 에디의 존재감을 보여주기에 충분하다.

그다음으로 향한 곳은 지금까지도 그가 몸담고 있는 셀린느[Celine]. 마지막 디자인을 컨펌하는 크리에이티브 디렉터이자 셀린느의 총괄 이미지 디렉터로 있다. 사실상 에디의 컨펌이 없으면 셀린의 판매대에 아이템이 올라갈 수 없다.

2021년 4월, 에디 슬리먼의 캐스팅 팀에서 연락이 왔다.

"우리는 이번에 2022년 S/S 셀린느의 남성복 컬렉션에 오를 뉴 페이스 보이들을 찾고 있어. 혹시 추천하고 싶은 아이들이 있다면 폴라로이드를 좀 보내줄래?"

회사에서는 나를 포함해 세 명의 모델을 셀린느에 추천했다. 그리고 나에게 경력이 너무 없으니 큰 기대는 하지 않는 게 좋겠다고 하였다. 그런데 에디 슬리먼이라니, 그런 거장이 나의 프로필을 봐준다니……! 신경이 안 쓰일 수가 없었다. 나는 그날부터 셀린느의 연락만을 목이 빠지게 기다렸다.

몇 년 같던 몇 주가 흐르고 2021년 5월 초, 셀린느에서 연락이 왔다.

"현준만 보고 싶어. 비행기 표와 숙박을 대줄 테니 프랑스의 니스Nice로 와서 대면 캐스팅을 봐. 우리는 에디가 직접 보고 판단해."

나는 더더욱 기대를 품지 않을 수 없었다. 약간의 설렘과 걱정 그리고 잔뜩 크기를 부풀린 기대를 품고 결전의 날을 향했다. 시간은 흘렀고 어느새 나의 캐스팅 날이 다가왔다.

"아들, 잘 갔다 와."

타지로 아들을 혼자 처음 보내는 어머니는 걱정이 많으셨을 것 같다.

그렇게 나는 인천공항으로 향했다.

Supreme

06

생 로랑이라는 낙원

깨달음

서울을 떠나온 나는 프랑스의 해변 도시 니스에 도착했다. 언뜻 보기에는 매우 평화로워 보였다. 한국으로 치면 부산 해운대의 조용한 버전 같았다. 고층 건물들보단 낮고 아기자기한 빌딩이 많았다. 픽업 기사가 그중 한 호텔에 나를 내려주었다. 셀린느의 캐스팅을 보러 온 모든 모델이 그 숙소에 일괄적으로 묵는 듯했다.

일 층에 가보니 딱 봐도 비율이며 머리 크기며 다리 길이며 모델 같아 보이는 남자들이 앉아 수다를 떨고 있었다. 그 순간, 많은 것을 한 번에 흡수했다.

내 눈이 번쩍 뜨였다.

'한국에서 나는 좁은 세계를 보고 살았구나.'

옷차림부터 액세서리 하나까지 그들은 거침이 없었다. 말 그대로 '진짜'였다. 그들의 옷은 어떤 규범 내에 제한적으로 움직인 것이 아니라, 그들의 하루하루 기분을 있는 그대로 표출한 것이었다. 그들은 무엇을 입든지 당당했고 다른 사람들이 어떤 시선으로 그들을 훑든지 개의치 않았다. 그들은 '있는 그대로의 나'로 살고 있었다. 저렇게 살아야 한다는 사실을 나는 오랜 시간 잊고 있었다. 그렇다고 그들은 겉멋이 들거나 뻐기지도 않았다. 나를 매우 살갑게 반겨주었다.

"너도 이번에 캐스팅 보러 왔구나? 반가워. 우리 운명이 내일이면 희비가 갈리겠지만 뭐, 그 전까지 우리는 함께야. 재밌게 있다 가자고."

저런 프리소울 마인드가 참 멋졌다. 내일 우리 중 3분의 2는 떨어져 집에 가는 비행기를 탈 텐데, 그 사실이 분명히 우리를 괴롭힐 텐데, 그것을 인정하면서도 지금을 즐길 줄 아는 그들의 마인드가 너무 멋졌다. 멋있는 친구들.

우리는 첫날밤을 그 숙소에서 묵었다. 다음 날 아침에 일어나니 여러 경호원이 차를 대기해놓고 호텔 문 앞에서 우리를 기다리고 있었다.

"셀린?"

매우 무뚝뚝하고 간결하게 그중 하나가 우리에게 물었다. 그렇다고 대답하자 그는 손가락으로 우리가 탑승해야 할 차를 가리켰다. 우리는 차를 타고 거의 세 시간을 달려 캐스팅 장소까지 갔다. 도착한 곳은 아름다운 궁전 같은 성이었다. 2층에 올라가 각자 키와 사이즈를 재고 에디가 오기만을 기다렸다.

점심을 먹고 얼마나 시간이 흘렀을까. 에디가 도착했다고 매니저가 말했다. 그리고 에디는 상당히 프라이빗한 사람이라 모델을 한 명 한 명 따로 1층으로 불러 워킹을 보겠다고 했다. 내 심장은 터지기 직전이었다. 패션계를 주름잡은 한 아이콘을 직접 본다니……. 심지어 그는 사진도 많이 찍히지 않아 매체에 노출된 횟수도 손에 꼽았다. 그런 사람을 직접 볼 수 있다니 실감이 나질 않았다.

마침내 내 차례가 왔다. 긴장으로 경직된 상태로 일 층으로 걸어 내려갔다. 검은색 중절모에 다크레드 색의 탑 그리고 블랙 스키니 진을 입고 있는 그의 실루엣이 저만치 보였다. 에디 슬리먼이 분명했다. 그는 매우 큰 강아지와 함께 왔다. 아마 그의 애완견인 듯싶었다. 그에게 한 걸음, 한 걸음 가까워져 갔다. 그는 의미심장한 눈빛으로 나를 오래 쳐다보았다. 그러고는 그의 어시스턴트에게 불어로 조곤조곤 뭐라고 말을 했다.

"워킹을 보여줄 수 있겠어?"

어시스턴트가 통역해주었다. 떨리는 발걸음으로

복도를 왔다 갔다 2회 활보했다.

"메르시Merci."

에디는 수줍게 미소를 띠며 나에게 말했다. 온몸에 전율이 흘렀다. 그러고선 그는 커다란 카메라를 직접 가지고 온 뒤에 내 폴라로이드 사진을 찍었다. 그리고 뒤쪽의 커튼을 걷었다. 그곳에는 이번 컬렉션에 선보일 옷들이 걸려 있었다. 에디는 나에게 한 털모자를 씌워주더니, 그것을 쓰고 워킹을 한 번 더 해달라고 지시했다. 그렇게 짧다면 짧고, 길다면 긴 캐스팅이 끝났다.

왠지 모르게 예감이 좋았다. 그가 나를 이번 시즌의 모델로 발탁해줄 것만 같았다. 그렇게 희망차게 호텔로 들어왔다. 그런데 밤이 지나도록 결과 메일이 오지 않았다. 불안감이 엄습했다. 결국 잠을 설쳤다. 아침에 일어나 보니 메일 한 통이 도착해 있었다.

〔아쉽게도 현준은 이번 셀린느의 컨셉과 맞지 않

아 모델에 리스트업되지 못했어. 다만 에디가 현준을 좋아하긴 했어. 좋은 인상을 남겼어.]

좋은 인상을 남겼으면 뭐 하나. 떨어졌다는 사실에 너무 낙담했다. 인정을 받지 못했다는 사실에 자존감이 다시 한번 추락했다. 모델들 사이에서 내가 더 눈에 띄지 못했다는 사실도 너무 싫었다. 앞으로 나는 어떻게 모델 생활을 해야 할까? 잘난 사람이 이리도 많은데.

그렇게 나는 집에 갈 준비를 했다.

안녕, 파리

집에 갈 준비를 하는데 한국 회사에서 연락이 왔다. 떨어진 건 딱하지만 이미 셀린느에서 비행기 왕복표를 대준 마당에 더 프랑스에 있어 보면서 S/S시즌 캐스팅을 트라이해보는 것이 어떠냐는 제안이었다. 그러면 숙박비만 자비로 부담하면 되었으니 얼핏 나쁘지 않아 보인다. 하지만 실제 현장에 나와 있는 내가 보기에는 문제가 많았다.

프랑스에 회사가 없는 상태로 나간 것이었기에 애초에 시즌 캐스팅을 보려면 급하게 회사를 잡아야 했다. 이미 시즌 준비로 바쁜 회사들이 나에게 관심을 가져줄지도 의문이었다. 또 회사를 잡는다 한들 그들이 나를 이번 시즌 '캐스팅 북(이번 시즌 캐스팅에 참여하는 모델들을 담은 북)'에 넣어 뿌려줄지도 미지수였다. 말 그대로 큰 도박이었다.

그래도 모 아니면 도다. 나는 남기로 했다. 최대한 숙박비를 절감하고자 한인 민박집으로 옮겼다. 아침도 제공되었고 사장님도 매우 친절하셨다. 민박집에는 나처럼 모델 일을 하는 형들도 묵고 있었는데, 형들은 매일 어떤 브랜드 캐스팅에 갔다. 나는 회사 미팅에 매진했다.

회사에 사전 메일링을 해 시간을 잡고 가서 미팅을 하거나, 바빠서 메일을 읽지 않은 회사에는 그냥 무작정 찾아가 벨을 누르고 최현준이라는 모델을 한 번 봐달라고 말했다. 그런 식으로 첫 일주일을 보냈다. 세 곳 정도의 회사에서 관심이 있다고 회신을 했다.

마지막이라는 생각으로, 한 회사에 메일링 없이 찾아갔다. 한국 회사 말로는 명품 쇼를 많이 세워주는 좋은 에이전시라고 했다. 그런데 눈이 조금 높은 것 같으니 기대는 걸지 말자고 했다. 만약 떨어져도 연락이 온 세 곳 중 하나를 가면 된다고 말이다.

띵동— 마지막 에이전시는 3층에 위치해 있었다. 굉장히 좁은 엘리베이터를 타고 올라가서는 초인종을 눌렀다.

“누구세요?”

한 남자의 목소리가 들려왔다.

“어, 그, 미팅을 한번 보려고요. 약속을 잡지는 않았습니다.”

딱히 대답할 거리가 마땅치 않아서 솔직히 말해버렸다. 남자는 문을 끽 열어 힐끔 나를 보더니, 사전에 미팅을 안 잡으면 어려울 것 같다고 말했다. 나는 그냥 돌아서려고 했다. 그런데 뒤에서 적갈색 펌 머리를 한 마른 체형의 중년 아주머니가 스윽 지나가면서 말했다.

"안녕? 어떻게 왔니?"

싱그레 웃으며 묻기에 조금 풀어진 얼굴로 아까 내놓은 대답을 똑같이 전했다. 그랬더니 그녀가 들어와서 자신과 얘기를 나누어보자고 말했다. 자리에 앉은 나는 그녀에게, 셀린느에서 떨어졌지만 한국에 돌아가긴 아까워서 시즌을 돌아보려고 파리에 왔다고 간략하게 내 상황을 말했다. 그녀는 한 치의 망설임이 없었다.

"나는 네가 좋아. 계약할 수 있니? 너의 마더 에이전시(한국 에이전시)와도 연락할 용의가 있어."

나는 얼떨떨했다. 나의 무얼 보고 저렇게 확신에 찬 눈빛으로 믿어주는 걸까? 나의 무엇이 그녀의 눈에 들었을까?

어쨌든 나는 프랑스 회사에 소속되었다.

생 로랑이라는 낙원

다음 날 계약서 작성을 하러 다시 에이전시에 찾아갔다. 여전히 적갈색 펌 아주머니는 나에게 싱그럽게 웃어주었다. 계약서 작성을 끝내자마자 나에게 그녀는 좋은 소식이 있다고 했다.

"어제 생 로랑Saint Laurent에 너의 프로필 사진을 보냈는데, 너에게 관심이 있대. 내일 오후까지 생 로랑 헤드 오피스로 가봐. 내가 주소를 적어줄게."

이럴 수가. 모든 남성 모델이라면 한 번쯤 꿈꿔봤

을 그 무대. 생 로랑이라는 세 글자 말고 더 이상 무슨 수식어가 더 필요하겠는가. 그런 곳에서 나를 보고 싶어 한다니. 나는 연신 감사를 표하고 결전의 다음 날을 기다렸다. 그렇지만 이미 셀린느에서 실패를 맛본 터라 크게 기대되지는 않았다.

생 로랑까지는 민박집에서 도보로 약 45분 거리였다. 그곳은 마치 낙원 같았다. 물병부터 자전거, 방문, 화장실 문, 모두 생 로랑의 로고가 붙어 있었다. 블랙과 화이트에 기반한 고풍스러운 인테리어였다. 로비에는 귀여운 안경을 쓴 여자 직원이 생 로랑의 스모킹 수트를 입고 있었다. 그녀가 나를 응대해주었다.

"안녕하세요 생 로랑입니다. 어떻게 오셨죠?"
"저…… 캐스팅을 보러 왔습니다."
"아! 그러시군요. 저기 끝으로 가시면 됩니다."
"감사합니다!"

캐스팅 장소에 갔는데 아무도 없었다. 몇 분 지나지 않아 디자이너 세 명이 들어왔다. 그들은 나에게 인사를 하고는 우선 본인들 옷을 피팅해보고 싶다고 했다. 그들은 내게 블랙 탱크 탑에 기본 스키니 진 그리고 이번 시즌 출시할 섹시한 무드의 첼시 부츠를 신겼다. 거기에 굉장히 얇은 웨스턴 버클 벨트를 채웠다. 내 핏을 여러 번 보더니 전신사진을 찍었다. 그중 한 여성 디자이너가 나에게 워킹을 보여달라고 했다. 나는 여러 번 생 로랑의 복도를 걸었다. 그녀는 의미심장한 표정으로 계속 나를 보더니 물었다.

"생각보다 잘 걷네. 어디서 배웠니?"

나는 사뭇 기분이 좋았다. 나만의 느낌대로 걸었는데 칭찬을 들어 너무 기뻤다.

워킹이 끝난 듯해 부랴부랴 입고 옷으로 갈아입으려고 했는데 아직 갈 수 없다고 했다. 헤드 디자이너가 직접 워킹을 봐야 한다고 했다.

그분을 한 시간 정도 기다렸다. 얼마 뒤 머리를 빡빡 민, 그렇지만 백발임이 분명한, 살면서 본 가장 강렬한 포스의 한 작은 여성이 차분히 오피스로 들어왔다. 그녀의 눈은 우수에 젖어 슬픔이라는 감정을 그대로 옮겨온 듯한 인상이었다. 가히 생 로랑 그 자체가 걸어 들어오는 느낌이었다. 그녀는 매우 낯을 가리는지, 말도 조곤조곤하게 했다. 그녀는 나를 발끝부터 머리까지 유심히 올려다보았다. 여러 번 그것을 반복하고는 나가서 워킹을 해보라고 했다. 그녀 앞에서 걷기를 반복했다. 다섯 번째쯤 되었을까, 그녀가 불쑥 말했다.

"좋아."

그 한마디를 하고는 나보고 집에 가도 좋다고 했다. 어떤 의미였을지 너무 궁금했다. 그녀의 인상이 너무 강한 나머지 감정을 읽기가 어려웠다.

캐스팅

생 로랑에서 캐스팅을 본 지 일주일 뒤, 그들은 공식 캐스팅에 나를 불렀다. 온갖 멋진 사람 천지였다. 다들 엘프처럼 생겨서 정말 누가 봐도 생 로랑의 뮤즈 같았다. 길쭉길쭉한 키에, 약간의 슬픔에 젖은 눈. 그들의 미소에는 깊이가 있었고 그들의 페이스에는 복합적인 감정이 담겨 있었다.

'그들 사이에서 내가 눈에 띌 수 있을까?'

정식 캐스팅은 간단했다. 캐스팅 디렉터와 생 로랑

의 수장 안토니 바카렐로Anthony Vaccarello 앞에서 워킹을 왔다 갔다 두 번 하고 폴라로이드 사진을 찍고 가면 되었다. 나는 와이드 청바지에 운동화 그리고 검은색 반팔 티셔츠를 입고 캐스팅 장에 갔다. 그들 앞에서 걷는 것은 생각보다 너무 빨리 끝났다. 너무 빨라서 기다린 시간이 아까울 정도였다. 안토니는 심플하게 "OK" 한마디 했다.

집에 돌아오면서 많은 생각이 들었다. 아 세상은 넓고 정말 멋진 사람은 많구나. 저 중에서 눈에 띄어야 톱 모델이 되는 것이구나. 참 내가 과한 자신감을 가지고 이 업계에 뛰어들었구나. 앞으로는 어떻게 해 나가야 하는 것인가. 무수히 많은 생각이 드는 밤이었다.

피팅

'피팅 콜'을 받았다면 캐스팅에 합격했다고 판단하면 된다. 피팅은 캐스팅이 된 모델을 상대로 이번 시즌 그들의 룩을 직접 모델에게 입혀보는 과정을 일컫는다. 생 로랑의 정식 캐스팅이 있고 사흘 후쯤 나에게 핏-투 컨펌(쇼에 세우기 위해 피팅을 함) 메일을 보내왔다. 핏-투 컨펌까지 불려간다면 쇼에 설 가능성이 절반 이상이다. 내 성격상 이때부터 실질적인 마음고생이 시작되었다고 할 수 있다. 피팅에서 떨어지면 정말 아깝게 떨어진 것이기 때문이다.

생 로랑의 웨어하우스에 들어가 그들의 22 S/S 컬렉션을 볼 수 있었다. 너무도 클래식하면서 아름답기 그지없었다. 기모노 느낌의 봄버 재킷, 자카드 무늬가 새겨진 크롭트 핏 블레이저. 그리고 늘 출시하던 웨스턴 벨트를 두 개 레이어링해 새로운 느낌으로 재탄생시켰다. 그저 그 장소에 출입할 수 있었다는 것만으로 스스로가 너무 대견했다.

나의 룩은 14번 룩으로, 검은색 벨벳 소재의 페도라 모자에 실버 소재의 플로랄 이어링, 검은 실크 소재의 블라우스, 벨벳 턱시도 칼라의 블랙 크롭 블레이저, 클래식 데님 쇼츠. 신발은 매우 샤프한 르 빈 더비 슈즈였다. 그것들을 착용하고 다시 한번 사진을 찍었다. 그리고 스타일리스트 폴 싱클레어Paul Sinclaire와 안토니 앞에서 다시 한번 워킹을 했다. 그들은 다행히도 흡족해하는 것 같았고 그날 역시 그렇게 저물어갔다.

다음 날 아침, 펌 머리 아주머니에게서 어쩐지 들뜬 어조의 메시지가 한 통 도착해 있었다.

〔현준! 데뷔 축하해. 너는 생 로랑의 2022 봄/여름 컬렉션에 컨펌되었어. 이제 너는 이탈리아 베니스에 가서 쇼에 서게 될 거야. 부디 즐기고 오길.〕

꿈인지 생시인지 믿기지 않았다. 그다음 날 나는 생 로랑의 전용기를 타고 모델들과 함께 베니스로 향했다.

베니스

베니스, 이탈리아 말로는 베네치아Venezia라고도 하는 그 도시는 파리와는 또 다른 느낌이었다. 어릴 적 한 번쯤 들어보았을 『베니스의 상인』 이야기로 머릿속에 그렸던 풍경이 눈앞에 그대로 펼쳐져 있었다. 강변을 따라 붙어 있는 작고 귀여운 상점들. 프랜차이즈 상점은 눈을 씻고 찾아보아도 없고 집안 대대로 이어온 장인들. 오랜 연구 끝에 최고의 맛을 찾아 손님을 만족시켜온 유서 깊은 식당들. 그리고 더위 속 지친 관광객들의 작은 쉼터 역할을 훌륭히 해내는 호프집들. 그야말로 정겨움이 물씬 풍기는 도시였다.

베니스에 도착한 뒤 우리는 '보트 택시'를 타고 강을 건너 한 호텔에 짐을 풀고는 생 로랑 팀에게 앞으로의 쇼 스케줄 브리핑을 받았다. 코로나 상황인지라 쇼는 소수의 셀럽들을 초청한 뒤 작은 스케일의 라이브 쇼로 진행하며, 세계에 동시 송출하는 '디지털 쇼'로 진행한다고 했다. 그리고 생 로랑의 홈페이지와 보그에 실릴 생 로랑 2022 봄/여름 룩 북도 베니스에서 머무르는 동안 함께 촬영할 것임을 알렸다.

생각보다 할 것이 많았다. 어쩐지 자그마치 9일이나 베니스에 머물게 될 거라고 전했을 때 예상을 했었어야 할 일이었다. 약간의 부담과 가득한 설렘과 함께 베니스에서의 첫날이 저물어 갔다. 왠지 저 해가 저물고 나면 다음 날의 해는 뭔가 더 아름다울 것만 같았다. 더 밝고 희망찬 무엇을 담고 있을 것만 같았다. 나의 예감이 맞기를 바랐다.

더그 아이트켄

다음 날 어김없이 해는 떴고 우리는 보트 택시를 타고 호텔에서 20분 정도 떨어진 한 섬으로 향했다. 그곳에는 건축가 더그 아이트켄Doug Aitken이 설치해놓은 기괴하면서도 경이로운 거울 돔 거대 장식물이 설치되어 있었다. 큰 거울들 사이로 팔자 형태의 길이 나 있었는데, 그것이 우리가 쇼 때 워킹을 할 패스웨이라고 말해주었다. 생각보다 길이 길어서 동선을 암기하는 데에 시간이 걸렸다.

다들 자꾸 같은 부분에서 다른 방향으로 몸을 틀어 걷는 바람에 자주 지적을 당했고 꽤 긴 시간 동안 리허설을 강행해야 했다. 뙤약볕에 벨벳 소재의 뜨끈뜨끈하기 그지없는 재킷을 입은 사람은 나밖에 없어서 불운에 우울해했다가도, '그래도 나는 반바지니까 괜찮네.' 하며 위로했다. 그러기를 반복하며 몇 보를 걸었는지 모른다. 어느 정도 동선이 머리와 몸에 숙지된 뒤에야 리허설이 끝났고 우리는 서둘러 원래 복장으로 갈아입은 뒤 케이터링 팀이 준비해둔 식사를 했다.

얼마만의 휴식인지……. 꿀처럼 달콤했다. 그제야 우리는 처음 대화의 장을 가질 수 있었다.

"너는 어디서 왔니?"

"너는?"

"너 참 멋지다."

"너도 아름다워."

"나는 코소보에서 왔어."

"안녕?"

모두 다른 나라에서 온 모델이었다. 서툰 영어로 기본적이면서도 형식적인 대화를 했다. 하지만 하나

같이 눈에는 열정과 희망이라는 공통적인 감정이 어려 있었다. 그것 두 가지면 공감대를 형성하기에 충분했다. 더 이상의 대화는 필요가 없었다. 한번 씩 웃어주면 그만이었고 한번 등을 쳐주며 나가서 뛰어놀면 되었다.

나는 그들의 반전이 마음에 들었다. 사복과 생 로랑의 수트를 입었을 때의 강렬한 차이. 사복을 입었을 때 그들은 마냥 놀기 좋아하는 자유로운 거리의 음악가 같았는데, 생 로랑의 블랙 수트를 입었을 때 그들은 세상 그렇게 섹시할 수 없는 뱀파이어 무리가 되어 있었다.

그 반전이 좋았다. 백룸에 있는 나만 알 수 있는 모습이라서 더 좋았던 것 같다.

아드레날린

쇼 당일이 되자 오히려 긴장이 안 되었다. 난 늘 그래 왔다. 전날까지 온갖 플랜을 A부터 Z까지 세워놓고 최악의 비극을 머릿속에 그린다. 그래놓고 막상 당일이 되면 모든 것을 내려놓고 하늘의 뜻을 받아들인다. 참으로도 현명하면서도 어리석은 인간이다.

생 로랑 쇼도 마찬가지였다.

'내가 걷다가 접질리면 어떻게 하지?'

'내 앞에 있는 모델이랑 거리가 너무 벌어지거나

좁혀지면?'

'동선을 잊어버리진 않겠지?'

여러 가지 생각이 맴돌다가, 막상 당일이 되니까 다 잘될 것 같다는 생각밖에 안 들었다. 오히려 즐거웠다. 내가 생 로랑의 무대에서 걸을 수 있다는 영광에 감사했다.

우리는 다시 아이트켄의 거울 돔으로 향했다. 이미 많은 셀럽이 도착하여 착석해 있었다. TV에서만 보던 할리우드의 배우들, 가수들, 연예인들이 실제로 앉아 있는 것이 보였다. 굉장히 비현실적이면서도 '아, 저들도 사람이구나.' 하며 새삼 깨닫기도 했다.

무대 바로 밑의 검정 텐트에서 큐 사인을 기다리면서 대기했다. 우리 앞에는 디렉터가 시간을 재고 있었다. 모델과 모델 사이의 타이밍의 재기 위함이었다. 그녀가 첫 모델에게 "고!"라고 외치며 출발을 알렸다. 쇼가 오픈되는 순간이었다.

왠지 모르게 기분이 묘했다. 나의 데뷔 쇼가 생 로랑이라니. 참 현실감이 없으면서도 현실감이 있었다고 해야 하나.

차례대로 모델이 불려 나가고 마침내 텐트 앞에 섰다.

"현준, 고!"

그녀가 내 이름을 강하게 불러주며 나를 보냈다. 나는 당당하게 그리고 힘차게 걸어 나갔다. 절묘하게도 내가 런웨이에 발을 내딛는 순간, 쇼의 음악이 몽환적인 부분에서 빠른 비트로 바뀌었다. 노래가 바뀌는 그 순간 모든 것을 다 잊고 음악과 하나가 되어 앞만 보고 걸었다. 옆에 앉아 보고 있는 사람들이 전혀 보이지 않았다. 마치 구름에 둘러싸여 훨훨 날아가는 듯 자유로운 기분이었다.

나는 무사히 팔자 패스웨이를 잘 걷고 내려왔다. 무대를 내려온 순간, 온몸에 힘이 쭉 빠졌고, 어딘가에서 "수고했어."라는 목소리가 들려오는 듯했다. 심장 박동이 너무 빨랐다. 한 시간 뜀박질을 하다 온 것처럼 도무지 잦아들지 않았다.

나는 그날만큼은 생 로랑과 하나가 되었다. 나의

데뷔 무대가 남들보다는 조금 더 특별할 수 있어서 너무 감사한 날이었다.

파노라마

베니스에서의 화려한 마지막 날을 보내고 타고 왔던 비행기를 다시 타고 파리의 샤를 드 골 공항으로 돌아왔다. 그곳에서 생 로랑 팀과 쇼에 선 우리 모델은 다음을 기약하며 해산했다. 과연 내가 이 무대에 다시 설 수 있을까. 희망과 걱정이 교차되었다. 숙소로 돌아오는 택시에서 오만 가지 생각이 들었다. 지난날의 기억들이 파노라마처럼 내 눈앞을 스쳐 지나갔다.

내가 좋아하고 사랑하는 것이 무엇일지 고민했던 여러 밤. 나만의 스타일을 찾기 위해 밤낮으로 연구하던 일. 나는 모델이 될 수 없을 거라던 반대 섞인 목소리. 처음 기획사의 연락을 받고 갔다가 모델 일로 부른 게 아닌 걸 알고 화를 낸 일. 모델 일을 이해 못 하며 혼내는 부모님. 여러 기억이 뒤엉켜 복잡 미묘한 감정을 불러일으켰다.

'아무렴 어때. 내가 이 무대에 섰다는 사실은 적어도 앞으로는 변함이 없을 텐데. 괜찮을 것이다. 아니 괜찮다. 이렇게 되었으면 나는 만족한다.'

이제 사흘 뒤면 다시 한국에 가야 했다. 더 이상의 스케줄은 남아 있지 않았다. 생 로랑이 파리 패션위크의 마지막 쇼였기 때문이다. 나는 남은 사흘간은 파리에서 알차게 보내기로 했다. 파리지앵처럼! 걱정과 불안 그리고 우울함 없이! 마음의 짐을 잠시 내려놓고 마음껏 즐겼다.

한국

격리 기간까지 마치고 귀가해 어머니와 아버지를 거의 두 달 만에 보았다. 예상보다 많이 길어진 여정이었다. 부모님은 나를 꼭 안아주었다. 그리고 대견스럽다고, 타지에 가서 꼭 무엇을 하고 와서가 아니라, 그곳까지 용기를 내서 다녀온 아들이 자랑스럽다고 했다.

한국은 여전히 그대로였다. 나는 앞으로 어떻게 나아가야 할지 고민에 빠졌다. 앞으로 최현준이라는 사람은 어떻게 살아가야 할지 도통 정답이 떠오르지 않았다. 분명히 파리에 가서 쇼를 하고 온 것만을 두고 보면 아주 실패작은 아닐 성싶었지만, 내가 과연 더욱 성장을 할 수 있을지는 미지수였다.

계속 그런 고민으로 머리를 싸매는 시간이었다. 꼬리의 꼬리를 무는 질문들의 정답은 지금도 찾지 못하였다. 딱 십 년만 앞을 내다볼 수 있는 능력이 주어지면 좋겠다.

더 지혜롭고 옳은 선택을 하고 싶어서가 아니다. 그저 나의 미래가 너무도 예측 불허해서 정말 순수하게 알고 싶을 뿐이다. '십 년 뒤 내가 무엇을 하고 있을까?'라는 질문이 나에게는 가장 대답하기 어려운 질문이다.

현준? 현준!

현준이라는 이름을 들었을 때 물음표보다는 느낌표를 던지게 되는 사람이 되고 싶다. 그것이면 너무 행복하고 충분할 것이다. 앞으로 그 길까지 얼마나 험난하고 멀지 상상이 가지 않지만, 꼭 남들에게 따스한 위안이 됨과 동시에 동기부여가 되는 사람으로 남고 싶다.

07

오늘보다
더

매거진, 매거진, 매거진

한국에 돌아온 뒤 나는 생전 찍어본 적 없었던 여러 잡지를 촬영했다. 이름만 들으면 알 법한 유명 패션 잡지들을 찍고 지면에 실렸다. 정말 꿈에서 그리던 삶이었다. 너무 신기해서 현실로 겪으면서도 믿기지 않았다. 내가 저 잡지의 한 면에 실리다니, 실로 감격스러운 순간이었다.

잡지 촬영은 쇼와는 또 다른 느낌이었다. 쇼의 즉흥성에 반해 잡지는 NG 컷이 나오면 원하는 콘셉트에 맞는 느낌의 사진이 나올 때까지 또 찍고, 또 찍고를 반복했다. 그래서인지 최종 에이 컷(잡지에 실리는 사진을 의미한다)을 전달받았을 때의 완성도가 굉장히 높았다. 특히나 정기 간행된다는 매거진의 특성상 촬영이 잦았는데, 실제 카메라와 여러 스태프 앞에서 자신 있게 여러 과감한 포즈를 지어볼 수 있어서 배우는 게 많았다.

또한 현장에서 작업물을 바로바로 확인하는 방식이라 나 역시 모니터링할 기회가 많았다. '사람 최현준의 몸'에 대해서 굉장히 디테일한 부분까지, 전에 인식하지 못했던 부분까지 알 수 있었다. 가령 나는 오른쪽 얼굴선이 조금 더 남성적이고 굵으며, 왼쪽 얼굴선이 조금 더 부드럽다는 것을 처음 알았다. 또 얼굴을 정면을 응시하고 카메라에 담기는 것보다 살짝 측면을 바라보고 담기는 것이 훨씬 고급스러워 보인다는 것, 남들보다 다리가 조금 더 곧다는 것, 골격 자체가 얇다는 것도 알게 되었다. 지난 이십여 년 동안 알지 못했던 나의 사소한 특징을 알아가는 것이 신기하고 기뻤다.

GQ
KOREA

나는 달라진 것이 없어

짧다면 짧고 길다면 긴 프랑스에서의 여정을 마치고 친구들을 보러 잠시 학교에 간 적이 있다. 나를 믿어주고 멋지다고 응원해준 친구들이 있다. 그중 동건이라는 친구는 항상 내게 넌 멋지고 개성이 있다고 해주었다. 동건이에게 너무 고맙다. 그런 응원 덕분에 내가 앞으로 나아갈 수 있었다.

오랜만에 들른 학교에서 만난 친구들마다 나에게 멋지다고 해주었다. 나에게 겉멋이 들었다고, 못생겼다고, 아니면 혼자 다른 길로 새는 것 같다고 핀잔을 주었던 친구들도 내게 멋지다고 해주었다. 그제야 내가 언젠가는 해야만 했을 일을 했다는 확신이 들었다.

물론 지금도 내가 맞는 길을 가는 것인지 여러 걱정과 불안에 휩싸일 때가 있다. 내가 과연 이 길을 계속 걸어간다면 어떠한 미래가 나를 기다리고 있을 것인지, 어떠한 비극 또는 희극이 그 길에 도사리고 있을지 알 수 없다. 삶은 도전이라지만 내가 선택한 길이 너무 불확실한 것 또한 맞다.

앞으로도 그저 열심히만 앞만 보자는 생각이지만 또 모르는 일이다, 내가 하고 싶은 또 다른 간절한 일이 생긴다면 나는 언제나 방향을 틀 준비가 되어 있다.

늘 상승할 수만은 없기 때문에

나의 나름대로의 화려한 데뷔와 수학을 공부했던 특이한 과거가 조명되면서 tvN 예능 〈유 퀴즈 온 더 블럭〉에 출연하게 되었다. 너무 감사하게도 나의 사연에 많은 시청자가 공감해주었고 자연스레 그 시선이 나에게 쏠렸다. '팬'도 생겼고 많은 응원의 메시지도 받았다.

패션 업계에서도 자연스레 나에게 이전보다 더 많은 눈길을 주었고 여러 광고나 캠페인 촬영의 물꼬를 틀 수 있었다. 방송 출연 이후로 지금껏 경험하지 못하였던 급격한 상승세를 겪었고 신기하면서도 감사한 나날을 보냈다.

대중적인 인지도가 있는 연예인 또는 비슷한 예술 업종에 종사하는 사람들이 왜 그렇게 불안함을 호소하는지 이해하지 못했다. 남들의 관심과 사랑을 받는 '선택받은 사람'으로 보였기 때문이다. 하지만 〈유 퀴즈 온 더 블럭〉에 출연하고 조금 얼굴이 알려졌다고 하지만 나는 그들의 고충을 조금은 알 것 같았다.

방송을 타고 과분한 관심이 쏠리니 이전만큼 내가 더 보여줄 것이 무엇일까라는 고민에 빠지게 된 것이었다. 사람들은 늘 새롭고 자극적인 무언가를 원하며 주변을 살피는데, 거기서 내가 그 기준을 충족하고 아니, 더 훌륭히 해낼 수 있을지, 지금까지 내가 해온 모델 생활을 끌고나갈 수 있을지, 유지해나갈 수 있을지 고민에 빠졌다. 이러한 고민은 굉장히 자가포식적이어서 본인을 갉아먹기만 한다. 말 그대로 별다른 대책이 없기 때문이다.

지금도 종종 이러한 불안의 골짜기에 빠지곤 한다. 그러나 어쩌겠나. 내가 열정을 가지고 선택한 직업의 불가피한 요소 중 하나인 것을, 남들의 평가와 시선에 죽고 사는 직업을 선택한 것을 어쩌겠나. 이제 본인을 믿고 앞으로 나아가는 것만이 살길인 성싶다. 그것이 평지이든 오르막이든 나아갈 뿐이다.

앞으로 어떻게 살아가야 할지 모르겠다면

요즈음 불쑥불쑥 드는 감정은 공허함이다. 집 베란다에서 창밖 풍경을 보고 있을 때면 불현듯 찾아오는 외로움, 이내 몰려오는 왠지 모를 한기. 그러면서 불쑥 드는 공허함.

돌이켜보면 서로 연관성이 없는 많은 것을 하며 살아온 것 같다. 이것이 과연 앞으로의 내 인생에 도움이 될까? 앞으로 나는 어떠한 것을 해야 미래에 더 나은 내가 되어 있을까?

스무 살 이전까지는 대학 입학이라는 목표를 위해, 또 다른 사람들에게 무시당하지 않을 무언가를 위해 맹목적으로 공부했다. 대학에 입학해서는 학문에의 순수한 열정을 간직한 교수님들을 보며 지적인 매력에 매료되어 미친 듯이 학문에 매진했다. 그러다가 불가항력적으로 환경이 바뀌며 큰 정신적 슬럼프를 겪고 새로운 자아실현을 위해 잠시 학문으로의 길을 접어두고 전혀 다른 패션이라는 필드에 발을 내디뎠다.

멀찍이 떨어져서 나를 바라보면 참 걱정이 되는 것도 사실이다. 아무렴, 충동적으로 이 분야 저 분야에 머리를 들이밀어보는 사람 같기도 하다. 그러면서 아무런 객관적 성과 없이 그 분야를 겉핥기식으로 맛만 보지 않는다는 것은 한편으로는 또 다행이기도 하다.

최현준의 반 오십 년을 돌아보니 도무지 어디로 튈지 몰라 더 불안하면서도, 놀라운 일을 해내니 잠재력에 기대를 걸어볼 만한 녀석이 아닌가. 그나마 다행인 것은 인생의 선택 앞에서 가벼이 결정하지 않았다는 것이다. 그리고 자신의 선택에 일종의 책임감을 느끼며 인내하며 어느 정도 가지고 나아갔다는 것이다.

그것이 핵심인 것 같다. 충동적이지만 않으면 된다. 그것에 대해 오랜 고민을 해본 뒤에도 가슴이 뛰고 있다면 그것을 따르면 되는 것이다. 가슴 뛰는 그것이 내가 지금까지 해왔던 일과 연관이 있든 없든, 그것에 깊이 빠져 있다 보면 언젠가 내가 과거에 열정을 쏟았던 무언가와 착 맞물리며 시너지 효과를 내는 순간이 오는 것이다. 어떻게 살지 모르겠다면 당장은 지금 본인이 하고 싶은 것을 따라가는 것이 정답인 것 같다.

나는 앞으로도 언제나 가슴 뛰는 것, 내가 하고 싶은 것을 향해 달릴 것이다.

내려놓는 것이 힘들어

"누나, 근데 그 사람들은 그렇게 높은 자리에서 불안하지 않을까요? 더 잘해야겠다는 마음도 생길 것 같고요."

내가 회사의 매니저 누나에게 가끔 하는 말이다. 그러면 누나는 늘 같은 대답으로 응수한다.

"응, 다들 이제 할 만큼 하고 겪을 만큼 겪어서 내려놓은 거지. 그러면 편해지거든. 그게 프로야."

나는 아직 프로가 되려면 멀었구나. 저들은 이미 내가 겪은 이러한 감정의 소용돌이를 옛적에 이미 다 겪었겠구나. 그리고 부러움의 감탄사를 한번 내뱉고 만다.

나는 욕심이 많은 건지 내려놓는 것이 예전부터 힘들었다. 무엇이 되었건 내가 제일 잘해야만 해야 했기 때문에 강박이 심했고 포기를 몰랐다. 한번은 고등학교 수업 시간에 편두통 발작이 왔다. 얼굴이 하얘지고 손발에 피가 돌지 않아 산송장 꼴이 되었는데도 끝까지 물리 수업을 들었고 끝나자마자 실려갔다.

내려놓는 법을 배우고 싶다. 조금은 내려놓고 마음을 편하게 먹고 인생을 사는 미래의 나를 보면 소원이 없을 것만 같다. 조금은 편하게, 여러 강박에서 자유로워진 나. 그것이면 충분하다.

패션 어워드

2021년 패션 디자이너 어워즈에서 모델상을 수상하게 되었다. 불과 몇 개월 전까지만 해도 방구석에서 끙끙대며 어려운 수학 과제를 풀어 제출하던 학생이었는데 말이다. 앞으로 더 열심히 하라는 의미로 감사한 마음으로 받았다. 그렇지만 나라는 사람은 또 여러 가지 생각에 빠지고 만다.

'내가 과연 이 상을 받을 만한 사람일까?'

'나는 아직 업계에 발을 갓 내딛은 신인에 불과한데, 나에게 이렇게 과분한 것이 과연 옳을까?'

'주위의 시선은?'

머리가 복잡했던 순간이었다. 앞으로의 일은 앞으로의 일이고. 어떻게든 될 것이었다. 그만 걱정하고, 우선 즐기기로 했다. 그날만은 그렇게 하자고 생각했다.

더, 더

주목을 받아 감사했다.

멋지다, 중성적이다, 잘 표현했다, 기대된다 등등 여러 긍정적 말을 수도 없이 들었다. 너무 감사했다. 변해버린 나의 삶, 그리고 변해버린 나의 모습. 그것에 환호해주는 사람들과 친구들.

그런데 왜인지 언젠가부터 커다랗고 시커먼 잿빛의 바위 같은 무언가가 나의 명치 한가운데를 짓누르는 느낌이다. 더 상승하려면? 더 잘하려면? 내가 그들의 마음에 더 들려면? 더 굉장한 것을 하려면 어떻게 해야 할까?

의문의 연속. 나를 자책하기 시작했다. 더 이상 올라갈 길이 없어 보였다. 문턱이 막혀 보였다. 무언가, 그 따스한, 나를 잠깐이나마 반겨주려고 마중 나왔던 햇살 비슷 그것이 더 이상 보이지 않았다. 암흑뿐이다.

저 위에 무언가가 더 있긴 한 것일까? 나의 삶에 이렇게 감정 기복이 심했던 적이 있었던가. 내 그릇이 크지 못하기 때문에 여기서 좌절하는 것이란 말인가? 수많은 물음표와 한숨. 머릿속을 떠나지 않는 여러 목소리들.

한 통의 전화가 걸려왔다. 친구였다.

"잘하고 있어 임마."

수화기 너머로 들리는 친구의 한마디. 어쩌면 이게 내가 듣고 싶었던. 그토록 듣고 싶었던 한마디였을까. 그날 밤이 왜 기억에 남았을까. 아직도 그 목소리가 내 귓전 어딘가에 빙빙 돌고 있는 것만 같다.

다시 파리로

처음 파리에 갔을 땐 시즌 막바지에 회사도 없는 상태에서 나갔다. 어찌어찌 시즌을 어영부영 끝마치고 온 느낌이 컸다. 물론 너무 영광스럽고 과분한 데뷔를 치렀지만, 제대로 다른 쇼들의 캐스팅을 돌아보지 못했다는 아쉬움이 남았다. 또 파리 자체에 대한 환상도 컸다.

그래서 나는 여성 시즌에 다시 출국하여 어떤 새로운 미래가 도사리고 있을지 보기로 했다. 물론 남성 정규 시즌이 아니었기에 기회의 폭은 훨씬 좁았지만, 아직은 국내보다 해외 시장을 조금 더 경험해보고 싶다는 가슴속 울림을 따랐다.

나는 또다시 파리행 비행기에 올랐다. 조금은 희망 찼던 것 같다. 저번과는 다르길 바랐다. 조금은 더 알맹이 있는 나날을 보내고 올 수 있으리라 생각했다. 캐스팅도 많이 돌고, 여러 쇼에도 섰으면 하는 그런 희망들.

큰 오산이었다. 아직 업계에서 나는 첫발을 내디딘 아주 '쌩' 신인이었으니까 말이다.

더 치열해진 경쟁

여성 시즌이란 게 가장 커다란 변수였다. 애당초 디자이너들이 남성 모델을 거의 캐스팅하지 않다시피 했다. 캐스팅한다고 하더라도 원래 유니섹스 쇼를 하는 브랜드라거나, 쇼에 중성미 있는 남성 모델 한둘을 포함시켜 엔터테인먼트적인 요소를 극대화시키려는 브랜드 한둘뿐이었다. 그래서인지 캐스팅 콜 자체도 가뭄에 콩 나듯 아주 드물게 왔고, 캐스팅에 불려가더라도 긴 대기 줄 속 남자 모델은 거의 나 혼자였다. 또 몇몇 디자이너들은 따로 캐스팅하는 일 없이, 본인들이 과거에 채용했던 남성 모델들을 다이렉트 부킹으로 쇼에 세웠다.

신인 남성 모델이었던 내가 여성 시즌에서 먹이를 사수하기란 매우 어려웠다. 그렇게 실망감은 더해져만 갔고, 기대를 하지 않고 간다는 나의 초심과는 다르게 기대를 점점 하면서 초조해져만 갔다. 나의 가능성에 대한 자기 불신은 점점 나를 좀먹으면서 크기를 키웠다. 나는 근 한 달간 피폐해져서 나의 존재 이유에 대해 고뇌하는 지경에 이르렀다.

모델은 내가 너무나도 간절히 원하는 일이지만 내가 진정으로 재능이 있는지 모르겠고, 남들의 기대에 부응할 만한 인물인지도 모르겠어.'

아무튼 이런 레퍼토리의 반복이었다. 나는 파리를 뜰 생각을 하고 있었다. 진지하게 한국으로 돌아가 한국에서의 커리어에 집중할 생각이었다. 한국행 비행기를 끊고 출국일 나흘 전쯤, 파리 에이전시에서 연락이 왔다.

파리의 한 스트리트 디자이너 브랜드에서 나를 보

고 싶어 한다고 했다. Enfant Riches Deprimes—줄여서 ERD—라는 이 디자이너는 락 펑크와 고스 빈티지 에 기반을 둔 브랜드로 상당한 마니아층을 보유한 브랜드였다. 우리나라에서도 소수 셀럽이 착용하여 매니아층을 확보했던 적도 있었다.

이미 자존감이 바닥에 있던 나는 기대 없이 개선문 근처 ERD 헤드 오피스까지 산책 겸 걸어갔다. ERD의 헤드 디자이너는 나를 반겨주었다. 오피스는 굉장히 산만했다. 디자이너 네 명이 록 음악을 틀며 룩을 모델들에게 입혀보고 있었다. 뭔가 프리하고 제한되지 않은 그들만의 자유로움이 좋아 나도 모르게 미소가 번졌다.

이 디자이너는 전혀 무게감이 없었다. 자신의 위치를 이용해서 모델을 압박하거나, 아니면 어떠한 것을 뽑아내고자 하는 그런 기회주의자의 눈이 아니라 정말 자신이 좋아하는 옷을 만들어서 너무나도 행복해서 반 미쳐 있는 괴짜 과학자 느낌이 났다. 왜였을까. 새내기 때 수학 문제를 들고 교수실로 찾아가 만났던, "흥미롭지 않나요?" 하며 소년 같은 미소를 보였던 그 교수님의 모습이 겹쳐 보였다.

디자이너는 자신을 앙리Henry라고 소개했다. 그는 자신이 만드는 옷이 너무 좋은지 본인도 그 옷을 입고 있었고 그 옆의 동업자들도 모두 비슷한 고스 룩을 입고 있었다. 마치 유령 신랑과 신부 여러 명을 함께 보는 듯했다. 앙리는 나를 위아래로 훑어보더니 갑자기 폭소했다.

"푸하하하하! 이 친구는 미쳤어. 나는 당장 얘한테 옷을 입혀봐야겠는걸."

그의 간단하고도 유쾌한 한마디로 나의 열정이 다시 불타올랐다. 나의 가치는 나를 알아봐주는 사람에게 보여주면 된다. 앙리에게 그 순간 너무 고마웠다. 앙리와 그의 동료들은 나에게 힙한 가죽 블레이저와 형광색 터틀넥, 루즈한 트라우저에 오버사이징된 독특한 실루엣의 더비 슈즈를 신겨 주었다. 그리고 왠지 모를 슈퍼 휴먼 느낌이 나는 선글라스까지 씌워주었다. 그들의 유쾌함에 나도 매료되어 엄청 웃었다.

그들은 긍정적으로 미쳐 있었다.

"야! 내일 봐!"

보통은 피팅이 끝나고 모델에게 바로 통보하지 않는다. 에이전시를 통해 몇 시간 뒤 결과를 통보하는 것이 전형적인데, 앙리는 바로 쿨하게 나에게 내일 보자고 말해주었다. 여기서 '내일'은 쇼 당일을 의미했다.

쇼는 파리의 의대인 '에꼴 드 메디신Ecole-de-Medicine' 에서 진행했다. 쇼 몇 시간 전, 무대에 설 모델들은 미리 콜 타임에 맞추어 헤어와 메이크업을 받으러 갔다. 그곳에는 수많은 헤어와 메이크업 팀원들이 미리 대기하고 있었다. 내추럴 베이스의 메이크업이지만 약간의 피폐함을 강조하기 위한 레드 느낌의 눈 화장을 했다. 그리고 머리는 약간의 고스 펑크 느낌을 내기 위해 고데기로 쫙 편 뒤 웨트하게 적셔주었다. 정말로 내 아웃핏과 잘 어울렸다.

앙리와 그의 동업자들도 상시 대기하며 메이크업

과 헤어가 잘되어가는지 체크했다. 쇼가 시작하기 전, 앙리는 나에게 워킹을 체크해보겠다며 본인 앞에서 한번 걸어보라고 했다. 나는 이전 생 로랑에서 했던 것처럼 걸었다. 그랬더니 앙리는 알 수 없는 표정을 짓더니 말했다.

"으음……. 그건 너무 워킹이 예뻐. 뭐랄까, 약간 페미닌했어. 우리는 좀 더 네가 그냥 미친 사람처럼 걸었으면 좋겠어. 세게. 파워풀하게. 어깨도 좀 뭐랄까 불안정하게. 리드미컬하게 걸어봐."

"이렇게요?"

내가 다시 한번 걸어 보였다.

"으음, 아니 더 세게 걸어도 돼. 그냥 진짜 미친 것처럼 걸어."

나는 그 말을 듣고 정말 세상 눈치를 보지 않는 사람처럼 걸었다. 그러자 앙리는 이제야 흡족하다는 듯이 그렇게만 걸으라고 얘기해주었다.

실제로 쇼에 올라 배경음악에 맞추어 그렇게 걸으니 파격적이고 당당하게 보일 뿐 미친 것처럼 보이지도 않았다. 내가 멋져 보였다.

이번에도 무사히, 아니 다행히 낭패 보는 일 없이 한국에 돌아올 수 있었다.

어쩌면 내가

다른 모델들은 너무나 자유로워 보였다. 그들의 영혼은 나의 것과는 본질적으로 다른 무언가 가벼운 그런 것만 같았다. 속박되지 않고 어느 것에도 구애받지 않은 개구쟁이 같은 느낌이 너무 부러웠다. 그들의 선, 표현력, 눈빛을 닮고 싶었다. 뭐든 나와는 달라 보였다.

문득 그 와중 내 자신을 바라보았다. 어쩌면 그들과 나 사이의 벽을 내가 더 두껍게 칠하고 있는 것은 아닌가. 어쩌면 나도 그들과 똑같지 않을까. 어쩌면 내가 그들보다 더 나의 영혼을 그 모든 것으로부터 해방시킬 수 있는 사람이 아닐까. 어쩌면 내가 나의 유일한 한계선이지 않을까.

조금은 더 마음을 내려놓고 그들처럼 즐겨보고 싶었다. 청춘은 다시 돌아오지 않으니까. 나이가 들어 이십대를 회상했을 때 걱정만 해대는 모습만 기억나는 건 싫었다. 미래의 내가 과거를 돌아보았을 때, 후회 없는 이십대를 보냈다고 생각했으면 좋겠다. 그러려면 나는 지금 바뀌어야 하지 않을까.

어쩌면 내가 이 모든 것의 원인일지도 모른다. 나의 이상과 현실의 거리를 좁혀보고자 한 발짝, 두 발짝 조금씩 나아가보려고 한다.

틀

결국에는 나도 사회 초년생이었기에 사람들을 대하고 그들과 소통하는 것이 매우 어려웠다. 학교와는 다르게 한참 어른들 사이에서 나는 어떤 태도로 임해야 하는지 어쩔 줄 몰라 했다. 내가 이렇게 말을 하면 저들은 과연 기분이 나쁠까 싶어서 무조건적으로 수긍하면서 지냈다. 조금 부당해도 참고, 조금 나에게 잘 해주면 몇 배는 신경 써줘야 한다는 부담감이 생겼다. 뭔가 다시 주눅이 들었다고 할까.

나에게 당당해서, 내가 원하는 것에 솔직하고 싶어

서 시작한 모델인데 무언가 과거의 나로 회귀한 느낌에 기분이 안 좋았다.

그런데 그런 와중에도 감사한 인연이 있다. 바로 회사 이사님이다. 사실 처음에는 이사님과 소통하는 것이 불편하고 어려웠다. 어떻게 보면 협업자이고 어떻게 보면 직장 상사인 사람과 어떻게 대화하고 어울리는 것이 맞는지 몰랐다.

"저…… 이사님, 제가 요즘 심적으로 힘들어서 일을 잠시 쉬어야 할 것 같아요."

한참 이 길이 맞는지 방황하던 때 어렵게 한마디를 꺼냈다. 이사님은 나를 옥상으로 부르시더니 담배를 한 개비 피우고는 입을 뗐다.

"현준아, 네가 공부를 열심히 하고 살았고 스스로에 대한 기대, 또 남들의 기대가 커서 부담일 거야. 그렇지만 너는 틀을 깨야 해. 가끔은 공부 못해도 된다? 가끔은 촬영이 별로여도 된다? 근데 그거 알아?

남들은 네가 다 잘하고 있다고 생각할걸? 너는 너의 그 생각에서 좀 빠져나올 필요가 있어."

이사님의 필터 없는 솔직함이 좋았다. 한마디 한마디가 진심이란 것도 알았다. 진지한 얼굴이 된 내게 이사님이 장난스럽게 덧붙였다.

"이번에 학교 가면 야, 공부도 한번 안 해 봐봐! 그래도 너 그거 알아? 시험 잘 볼 수도 있어. 뭐든지 안 해보면 모르는 거야, 임마."

이사님의 조언이 너무 감사해서 눈물이 벅차올랐다. 틀을 깨서 또 다른 도약을 위해 준비 중이다. 기회는 준비된 자가 잡기 마련인 법. 또다시 기회가 나를 찾아올 게 분명하니 언제든 잡을 수 있도록 준비하련다.

지금 나는

모델은 개성이 전부인 직업군이다. 개성을 잃는 순간 시체가 된다는 것은 너무나도 뻔한 사실이다. 자신만의 고집, 끈기, 고지식함. 이 세 가지가 모두 필요한 일이 바로 예술계가 아닐까. 다른 분야의 직장 생활에서는 고집, 끈기, 고지식함은 좋지 않을 수도 있다. 하지만 적어도 패션, 하이패션에서는 나만의 무언가로 그들의 이목을 끌어야 한다. 내 모습 한 번으로 그들이 오래 나를 기억하게 각인시켜야 한다.

한창 힘들었을 때에, 남들의 의견을 많이 묻고 다

닌 적이 있다. 참 좋은 말을 해준 사람도 있었지만 나의 정신적 연약함을 악용하여 무엇을 하고, 무엇을 보여줄지를 함부로 이야기한 사람도 있었다. 그래도 그것도 조언이라고 나는 다 받아들이려고 했다. 뭐가 예쁘다고 하면 그것을 사고, 뭐가 멋지다고 하면 그 자세를 취하고.

어느 순간 기분이 매우 나빴다. 오히려 전의 나보다 더 추락해버린 느낌이었다. 결국 그 사람들의 생각일 뿐인데. 그때부터 타인의 조언은 구하지 않는다. 더불어 내가 남에게 조언도 안 한다.

내가 싫으면 안 쓰면 되는 것이고, 지금의 내가 좋으면 써주겠지. 배 째라는 마인드. 이걸 왜 이제 알았을까.

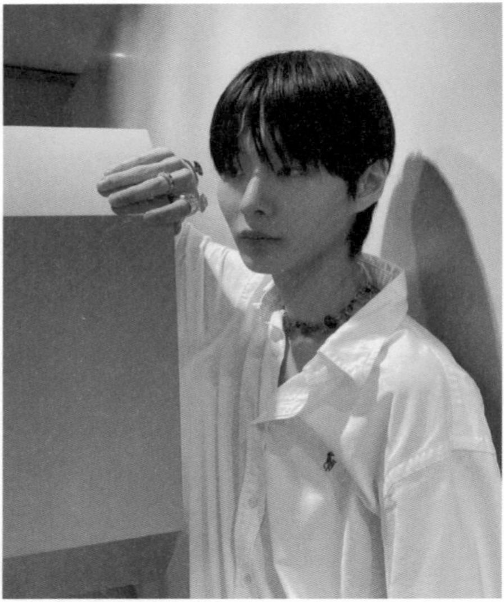

피드백이 너무 빨라

클라이언트는 어리석지 않았다. 나의 작은 변화도 금방 파악했고 그것을 숨기려는 나의 노력은 너무나도 허무하게 물거품이 되어 버렸다.

톱모델은 누가 될까? 남들보다 잘생긴 사람? 몇 배는 예쁜 사람? 줏대 있고 누가 봐도 멋있는 사람이 최고의 자리에 어울리지 않을까. 사람의 구체적 외형이 아니라 그것에서 뿜어져 나오는 매혹적인 아우라가 전부이다. 이것이 감히 내가 내린 결론이다.

내가 자신이 없고 힘들고 불안하다면. 그것을 숨기

고자 하는 노력은 원초적인 문제 해결의 실마리가 될 수 없다. 차라리 그럴 때는 가끔은 한 텀 쉬어가는 것이 좋다. 물 들어올 때 노를 조금 쉬엄쉬엄 저어도 배는 여전히 조금씩 나아가기에. 스텝의 보폭이 좁아지더라도 앞으로 전진만 하면 되기에. 곡선의 기울기만 양수이면 되는 것이지 그것의 절대값은 중요하지 않기에.

건강하고 활기찬 정신으로 모든 것을 잡아먹을 정도의 패기로 나아가면 되는 것이다. 빨리 뛰어가다가 그것을 놓치기엔 패션의 본질을 잃는 것이기에.

그래서 나도 가끔은 천천히 걸어간다. 느리지만 지혜로운 거북이처럼, 결국 승선에만 도달하면 되기에.

에필로그

불확실성이야말로 인생의 묘미가 아닐까

모델로서 책을 쓸 기회가 주어진 것이 너무 감사했던 몇 달이다.

책을 쓰며 지금까지 나의 발자취를 돌아볼 수 있었다. 그래도 많은 것을 해왔구나, 힘들지만 어딘가에 도착을 해 있었구나, 새삼 느꼈다.

그리고 앞으로 건널 수많은 피니시 라인을 예감할 수 있었다. 그것이 언제 나타날지, 과연 나는 무사히 통과할 있을지 알 수 없다. 하지만 불확실성이 인생의 묘미가 아닐까.

통통 튀는, 피아니시모부터 프레티시모까지 여러 가지 악상을 느낄 수 있는 나의 인생은, 마치 거세게 비가 오는 날 어디로 튈지 모르는 저 물방울들의 혼돈에 가득 찬 궤도 같다.

거창한 목표는 없다. 지금의 내 정착지 그리고 다음의 내 정착지를 감사히 즐길 수 있길 바랄 뿐이다.

스며든다는 것

초판 1쇄 인쇄 2023년 6월 20일
초판 1쇄 발행 2023년 6월 25일

지은이 최현준
책임편집 하진수
디자인 그별
펴낸이 남기성

펴낸곳 주식회사 자화상
인쇄,제작 데이타링크
출판사등록 신고번호 제 2016-000312호
주소 서울특별시 마포구 월드컵북로 400, 2층 201호
대표전화 (070) 7555-9653
이메일 sung0278@naver.com

ISBN 979-11-91200-77-5 03810